ユリウス
アメリア
ロザリア
ハイネ辺境伯家

カイン
マクシミリアン
アレックス
マーガレット

「初級回復薬を作るだけなら大丈夫なはず。
できるできる絶対できる。気持ちの問題だって」
俺は大きく息を吸い込んで呼
吸を整えると、『ラボラトリー』
スキルを使用した。

辺境の魔法薬師

自由気ままな異世界ものづくり日記

1

えながゆうき

イラスト：パルプピロシ

Contents

第一話

ゲロマズ魔法薬

近年の技術革新によるＶＲ技術の進歩は素晴らしいな。今ではまるで本当にものづくりをしているかのような体験を、家にいながらにして堪能することができるのだから。

今、俺がはまっているゲームもその一つだ。ゲームの中には戦闘職、採取職、生産職と大まかな区分があるのだが、その中でも俺がもっとも力を入れているのが生産職の一つである魔法薬師だ。

リアルさながらの道具を使って作り出す魔法薬は、組み合わせによって無限大の可能性を秘めている。今も新しいレシピが次々と考案されており、切磋琢磨《せっさたくま》する毎日だ。ものづくりは本当に楽しい。あまりにもはまりすぎて、今では毎週更新される魔法薬師ランキングで、常に一位の成績をキープし続けているほどである。

そんなわけで、いつものようにＶＲゴーグルを装着してゲームを起動した。

今日は何を作ろうかな？　そろそろ上級魔法薬の在庫が切れそうだから、大量に生産しておくか。魔法薬は消耗品。いくら作ってもどんどん売れていく。初心者から上級者まで、どこにでも需要はあるのだ。

そんなことを考えていたのだが、一向にスタート画面が表示されない。それどころか、ゲームがフリーズしたかのように真っ白な画面が表示されている。

これは一体どうしたことか。緊急メンテナンス情報はなかったはずなのだが。

そのとき、目の前に一人の女性が現れた。その人はギリシャ神話に出てくる女神のように、長くて白い布を体に巻きつけている。膝の辺りまである長い銀髪に、青い瞳。

そして特徴的なのが背中にある、白くて大きな翼だった。普通なら二つで一つだと思うのだが、片翼なのだ。こんなキャラクター、ゲームの中にいたっけ？

「本日はお願いがあって、あなたに干渉させてもらいました」

「俺にお願い？　干渉って……穏やかじゃないですね」

「申し訳ありません。ですが、こうするよりほか、なかったのです。どうか許して下さい」

そう言うと、目の前の女性が頭を下げた。これほどの美人さんに頭を下げられるのはちょっと申し訳ないな。

こうして冷静でいられるのは、ＶＲの沼にどっぷりとつかってしまったからだろう。ゲームによっては、現実と区別がつかないような精巧なゾンビや、クラゲのような宇宙人と戦うものもある。現実とゲームの境界は確実になくなりつつある。

「構いませんよ。頭をあげて下さい。それで、干渉してまで俺に何のご用でしょうか？」

見た感じ、相手は神様か何かなのだろう。仮に、今起動したゲームの運営サイドがこちらに干渉していたとしたら、目の前のキャラクターには、赤くてまがまがしいオーラが表示されているはずだ。なぜなら以前に遭遇したゲームマスターがそうだったからである。

「ゲームのプレイ情報を見させていただきました。どうやらあなたは生産職がお好きな様子。特に魔法薬の生産については、他のプレイヤーの追随を許さないほど。違いますか？」

「たぶん合ってる、と思います」

他のプレイヤーの追随を許さないかどうかは分からないが、常にトップであることは間違いなかった。それに何か関係があるのかな？

「そんなあなたにお願いがあります。どうか私の創った世界に来ていただき、魔法薬を改革していただけないでしょうか？」

「はい？」

思わず素の声が出た。これはもしや、異世界転生のお誘いなのではないだろうか。VRの技術はいつの間にそこまで発展していたのか。ある意味、素晴らしいな。

「申し訳ありません、説明が足りていませんね。これからあなたが向かうことになる世界では、正しい方法で魔法薬を作ることができなくなりつつあるのです。その結果、今ではよほどのことがない限り、魔法薬を使うことはありません。このままでは、魔法薬を使う者が一人もいなくなってしまうことでしょう。それでは困るのです」

女神様の顔がグッと曇った。苦渋に満ちた顔である。きっと、相当よくない状況になっているんだろうな。だがそれも一瞬のことで、すぐに明るい笑顔をこちらへ向けた。

「あなたが引き受けてくれるのであれば、ゲームの知識と技術を持ったまま、あなたを私の世界に転生させます。ここまではよろしいですか？」

「あの、ゲームの知識と技術が役に立つのですか？」

「そうです。このゲームで作られているすべてのアイテムは、あなたがこれから行くことになる世界で再現可能です」

落ち着け、俺。興奮するのはよく分かる。いくらリアルなVRといえども、作ったアイテムは実際に触ることはできないし、現実の自分に使うこともできない。匂いはフレグランスシステムによって嗅ぐことはできるが、すべての匂いを再現するにはいたっていない。

だがしかし、それらが本当に存在する世界に行くことができたらどうだろう？

俺の作った最高品質の魔法薬はどんな味がするのだろうか。失敗したときに発生する、あの色とりどりの煙の匂いは？　魔法薬を飲むと、本当にあっという間に傷が治るのか？

そして何よりも、俺が作った物をだれかが喜んでくれるのだろうか。喜んでくれるのなら、その笑顔を間近で見てみたい。

「あなたが創った世界に行ったら、この世界の俺はどうなるのですか？　死んだことになるのですか？」

「いいえ、その心配はいりません。あなたの存在についての取り扱いですが、私の世界で亡くなると、今の状態に戻ることになります」

「つまりそれは、その世界で死んだら元通りになるということですか？」

「その通りです。記憶も元通り。こうして私と接触したことも覚えていません」

それなら別に引き受けてもいいかな？　俺には何のリスクもなさそうだ。でも向こうでの記憶もなくなっちゃうのか。それはちょっと残念だな。でも、二回分の人生を楽しめると思えば悪くない。

「ゲームの知識と技術を使って、だれもが正しい方法で魔法薬を作れるようにすればいいんですよね？　そういう条件であるならば引き受けますよ」

神様はホッと息を吐いた。どうやらよほど切羽詰まっているみたいだな。そんなにひどい状況なのかな？　ちょっと心配になってきたぞ。

「ありがとうございます。あなたの活躍によって、悪の魔の手から世界が救われると信じていますよ」

「あ、ちょっと！」

次の瞬間、目の前が真っ白になった。まぶしくて目を開けていられない。

あの神様、最後に爆弾発言をしなかったか？　世界を救うとかなんとか……。

突如、浮遊感が体を襲った。まるでだれかに持ち上げられたかのようである。それも、上下に揺れている。これはたぶん、赤子を上げ下げしている感覚……。

転生するとは言っていたが、やはりと言うか、まさかと言うか、赤子からスタートしたようである。

目はよく見えないし、何を言っているかも分からない。こんなに不安なことがあるだろうか。そんな不安から解放されるべく、やることは一つ。産声をあげることである。

とりあえず〝オギャー〟と泣いておいた。周囲からは明らかに先ほどよりも大きな歓声が聞こえてきた。

これで赤子の最初の役割を終えることができたかな？　あとは……スクスク成長するために、ママのおっぱいを吸う。ちょっと恥ずかしいが、生きるためにはやるしかない。

こうして俺は異世界へと転生し、新しいスタートを切ったのであった。

時は流れ、俺は七歳になった。これまでは騒ぎが起こらないように大人しく過ごしていたけど、そろそろ本格的に動き始めても〝神童〟と呼ばれることはないだろう。いくら優秀なお兄様がいるとはいえ、一歩間違えれば、お家騒動まっしぐらだからな。

三歳のときに行われた初めての魔法の授業ではちょっとやりすぎてしまったが、どうにか先生の目はごまかせたはずだ。楽しみにしすぎたゆえの過ちである。まさか魔法の知識と技術まで持ち越せているとは思わなかった。これだと魔法は慎重に使わなければいけないな。

そうなるともちろん、戦闘の知識と技術も人並み以上にあることになる。こっちも気をつけないとね。

この七年の間にいくつか分かったことがある。俺の名前はユリウス。父親譲りのこげ茶色の髪と、母親譲りのこげ茶色の目をした、なかなかの美男子だ。

生まれた家はハイネ辺境伯。スペンサー王国の北を守る、軍事的な役割を持つ大きな家門だ。どこか中世から近世ヨーロッパの国々を連想させる文明を有している。

そんな俺には、俺と同じく美形な兄が二人と、天使のような妹が一人いる。そしてお父様に代替わりしたものの、別館にはおじい様とおばあ様が一緒に住んでいた。

そしてそのおばあ様が、なんと魔法薬師なのだ。これは運がいいと言うべきか、それとも神様によって、最初からそうなるように仕組まれていたと言った方がいいのか。とにかく、これから魔法薬を改革するためには都合がよかった。

俺はこの世界の魔法薬の現状を知るため、小さいころから何度かおばあ様の魔法薬作りを見たことがある。そのときの光景は衝撃的すぎて、今でもハッキリと覚えている。

「おばあ様、何を作っているのですか?」
「おや、ユリウス、興味があるのかい?　これはね、回復薬を作っているんだよ」
おばあ様が優しい笑顔をこちらへ向けた。その手元では濁った緑色の液体がグツグツと煮込まれ

ている。

俺は悲鳴をあげたいのを必死にこらえた。

えぐみ！　そんなにグッグッと煮込んだら薬草からとんでもないえぐみが出るから。やめて！

だがそんなことを知ってか知らずか、おばあ様はさらに煮込んでいった。長時間加熱すると、回復効果が薄れる。乾燥させて、粉末にしてからさっとお湯で抽出させるのが、効果の高い回復薬を作る基本である。

ああもうむちゃくちゃだよ。

「おばあ様、そんなに煮詰めたらよくないんじゃないですか？」

「ホホホ、面白いことを言うねぇ。回復薬はね、こうやって作るものなんだよ」

それは違うぞおばあ様。しかし、まったく聞く耳は持たないようである。一体どうすれば話を聞いてもらえるのか。そうだ！

「おばあ様、ボク、新しい魔法薬の作り方を思いつきました！」

その途端、おばあ様の顔に深いシワが刻まれた。初めて見る顔である。悲しんでいるのか、笑っているのか、ちょっと分からないな。

「ユリウス、家を潰したくないのなら、新しい魔法薬を作ってはいけないよ」

有無を言わせぬ声色に、それ以上、何も言うことができなかった。ションボリする俺。それを見かねたのか、おばあ様が口を開いた。

「ユリウスはずいぶんと魔法薬に興味があるみたいだね」

「はい。自分でも作ってみたいです！」

もしかして、作らせてもらえるのかな？　ついにその日が来ちゃった？　このなんとも言えない匂いを我慢して通い続けた結果がついに……！

「それは魔法薬師にならないと許可できないよ」

ダメでした。ガックリ。スパッとおばあ様になで斬りにされてしまった。前から思っていたけど、おばあ様は魔法薬に関することになると、とっても厳しいよね？

「でもそうだねぇ、ユリウスが大きくなって、立派な魔法薬師になったら、私が大事にしている魔法薬の本をユリウスにあげようじゃないか」

おばあ様が大事にしている魔法薬の本！　もしかして、この世界にしか存在しない、特別な魔法薬の作り方が載っていたりするのかな？　俺、中身がとっても気になります！

「本当ですか？　約束ですよ！」

「ええ、ええ、約束だよ」

顔をしわくちゃにしておばあ様が笑っている。これってある意味、俺を一番弟子だとおばあ様が認めてくれたということだよね？

よし、やるぞ。おばあ様の一番弟子に、俺はなる！

そのあとおばあ様から〝勝手に魔法薬を作らないように〟と念を押された。もちろん両親からもである。そしてどんなに探しても、屋敷には魔法薬は置かれていなかった。

あんな方法で作った回復薬が世の中に出回っているのだとしたら、魔法薬を使う人はいなくなるに違いない。恐らく神様もそう感じたのだと思う。それで俺に頼んだというわけだ。不吉な予言と共に……。

七歳になると武術の訓練が始まった。魔法の訓練は三歳のころから行われていたので、それに比べるとずいぶんと遅い。どうやら魔法を一通り使えるようになってから、武術の訓練を受けるのが一般的なようである。

貴族にとって、魔法を使えるということは身分を示すための重要な手段の一つである。そのため訓練の優先順位が高いのだ。

そしてこの武術の訓練のおかげで、ようやくこの世界の魔法薬と対面することができた。武術の訓練はハイネ辺境伯家に所属する、騎士団の訓練場で行われる。そこには当然、魔法薬が常備されているのだ。

俺は無理を言って、騎士団長のライオネルに魔法薬を見せてもらった。小瓶に入った、どす黒い緑色の何か。毒物か？　いや、違う、これは初級回復薬だ！

神様は俺をこの世界に転生させるにあたって、知識と技術を持ったまま転生させると言っていた。その技術とは〝スキル〟のことであり、俺は『鑑定』スキルを持っている。もちろんすぐにそれを使って怪しげな魔法薬を鑑定した。

鑑定結果が表示される。結果は……〝最低品質・ゲロマズ・もはや毒〟の三銃士がどうだとばかりに剣を掲げていた。こんな魔法薬、絶対使いたくねぇ……。

俺は無言でそれをライオネルに返した。

これだけひどい効果を同時に持たせることができるなんて、むしろ尊敬に値する。どうしてこれを失敗作扱いにしないんだ？　どう見ても失敗だろう。だれも突っ込まないのかな？　一応、お情け程度の回復効果はあるみたいだけど……。

手元に戻ってきた魔法薬をライオネルがジッと見つめている。なんだか悪い予感がしてきたぞ。

「ユリウス様、せっかくですので一つ開封してみましょうか？」

「いや、そんなサービスはいらないから」

「ですが、匂いだけでも体験しておくと、いざ使うときに踏ん切りがつきますよ」

「使うことないから！」

「まぁまぁ、そうおっしゃらずに」

笑うライオネル。これはあれだ。完全に嫌がらせだ。ライオネルが初級回復薬のフタを開ける。中から怪しい煙が漏れ出した。魔法薬の作製に失敗したとき以外でこの光景を見るのは初めてだ。やっぱりこれ、失敗作なんじゃや……クッサ！　ゲロ以下の匂いがする！　気分が悪くなってきた。

俺の顔色が悪くなったのを確認したのだろう。ライオネルがフタを閉じた。ライオネルは平然とした顔をしている。

これが騎士団での日常……その匂いに耐えられし騎士だけがここに残っているのか。

「ライオネル、正直に答えてくれ。おばあ様の魔法薬師としての腕は悪いのか？」

「とんでもありません！　この大陸で五本の指に入るほどの実力者ですよ」

あれで五本の指に入るの？　しかも、この大陸で？　ウソでしょ。

驚く俺を見たライオネルが目をつぶり、首を左右に振りながら言葉を続けた。

「他の魔法薬師が作った回復薬はもっとひどいそうですよ。上級回復薬に関して言えば、服用してもよくて半数が生き残れるかどうか。その点、前辺境伯夫人のマーガレット様が作った上級回復薬なら、死ぬほどの苦しみを味わいますが、死ぬことはありません」

「それって、もうただの毒だよね？」

「他国からは前辺境伯夫人が作った上級回復薬を求めて、注文が殺到してるそうです」

「下手すりゃ外交問題に発展するんじゃないの？　だって毒を送りつけてるんだよ？」

「たとえだれが作ったのか分からない上級回復薬だとしても、一か八かに賭けて服用する人があとを絶たないそうです。前辺境伯夫人が作っただけでもありがたや」

「おい、だれか止めろ！」

まさかここまでひどいことになっているとは思わなかった。人々のケガや病気を治す手段が他にあればよかったのだが、どうやら中途半端に魔法薬が発達したおかげで医療があまり発達していないようだった。

そしてなぜか、この世界には攻撃魔法はあるのに、治癒魔法が存在していなかった。

第二話

転機

素振りばかりの武術の訓練が続いたある日、ようやく訓練の成果が認められたのか、ついに外出の許可が下りた。もちろん護衛付きではあるが、自分の行きたいところに行けるのは素晴らしい。この日が来るのをずっと待っていた。

俺はこの機会を利用して、森で薬草や毒消草などの魔法薬の素材を集めようと思っていた。それだけではない。それらの苗を入手して、庭に植えようと考えているのだ。

事前にお母様にお願いして、花壇という名の薬草園はすでに準備ができている。今は花やハーブをカモフラージュとして植えているが、苗が手に入ればそっくりそのまま植え替えるつもりである。

そんなわけで、馬車で近くの森までやってきた。ここからは徒歩である。馬車の中からでは薬草を見つけられない。

馬車から降りると、新緑の香りがしてきた。空気も心なしか澄んでいるような気がする。たぶん、気のせいだけど。

「ユリウス様、魔物はいません」

「こっちもです！」

先に馬車を降りていたジャイルとクリストファーが興味津々とばかりにキョロキョロと左右を見ていた。この二人は俺と一緒に武術の訓練を受けている仲間である。言うなれば、俺の手下と言うわけだ。

ライオネルの三男坊のジャイルに、執事長の三男坊のクリストファー。ハイネ辺境伯三男坊トリオである。

「それじゃ、行くとしよう」

「オウ！」

「は、はいっ！」

二人が俺の前に立った。うんうん、どうやら自分の立場をしっかりと理解しているようだ。足下に気をつけたまえ。貴重な素材があるかもしれないからね。

森の中を歩くこと小一時間。ずいぶんと森の奥に入ったところでようやく薬草を見つけることができた。

「やはり奥まで行かないと手に入らなかったか」

「これが薬草ですか。初めて見ました」

「俺にはただの草にしか見えませんね」

ジャイルは興味がなさそうだな。それは別に構わないけど、見分けがつくくらいにはなってほしいものだ。

「麻袋を持ってきてくれ。俺が掘り起こすので手を出さないように」

「ええ!? ボクがやりますよ」

「いや、クリストファーにはまだ無理だ。気持ちだけ受け取っておこう」

ションボリとするクリストファーだが、彼がやれば間違いなく失敗するだろう。それだけ薬草の移植はデリケートなのだ。俺は『移植』スキルを持っているから確実に成功するが、他の人ではそうはならないだろう。

こうして俺はいくつかの薬草の苗をゲットすることができた。しかし、いまだに薬草しか見つけられなかった。

この森には薬草しか生えていないのかとあきらめかけたそのとき、黄色い葉が目にとまった。

「毒消草だ！ ようやく見つけたぞ。これはぜひとも持って帰らねば」

そのときガサガサと近くの茂みが動いた。

ガサガサと不穏な音を出して揺れる茂み。ジャイルとクリストファーの顔に緊張が走る。そしてそいつが姿を見せた。

「スライムだ！」

「ひ、ひぇぇ！」

ジャイルが叫び、クリストファーがひるんだ。雑魚《ざこ》モンスター代表の一角、スライムだった。たぶん大したことはないと思う。その証拠に、護衛たちも手を出さずにこちらの様子をうかがっている。きっと俺たちに戦闘経験を積ませるためだろう。

二人が及び腰になっているので、俺が倒すことにした。持っている武器は木剣だが、核を狙えば問題ない。

「フッ！」

スライムの核に電光石火の突きをお見舞いする。核は簡単に砕け散り、スライムが水たまりのように地面に崩れた。このスライムの粘液を持って帰りたいところだが、残念なことにちょうどいい容器を持っていなかった。失敗したな。せっかくの素材が。

「す、すごい、スライムを一撃で倒すなんて……」

「ユリウス様は剣の才能があるのですね！」

「いや、それほどでもないと思うけど……たぶんジャイルとクリストファーもできるよ」

たかがスライムを倒したくらいで大げさである。こんなことで喜ぶ二人をほほ笑ましく見ていると、騎士たちはなぜか真剣な顔つきで俺を見ていた。どうした、かわいい七歳児だぞ？

そんなことを思っていると、二匹目のスライムが現れた。どうやらこの辺りにスライムが好む場所があるようだ。

「今度は俺がやります。たあ！」

ジャイルの攻撃はパワーはあったがスピードがなかった。スライムはうまく核を移動させて攻撃を回避した。何度か木剣で突いているが当たらなくては意味がない。ジャイルが疲れてきたところでクリストファーに代わった。

こちらはスピードはあるがパワーがない。核に攻撃が当たっても壊れることはなかった。

あれ、もしかして、子供がスライムを倒すのって結構大変なのかな？　騎士たちが俺を見ていたのはそのせいだったのか。

「た、倒せません」

クリストファーが降参した。うーん、先が思いやられるけど、子供ならこんなものなのかな。しょうがないので俺が倒すことにした。今度は魔法を試してみよう。初めて実戦で使う魔法である。ちょっとドキドキするね。

「ファイヤーボール！」

真っ赤な火の玉がスライムに直撃し、スライムを蒸発させた。しかし火は衰えず、周囲の枯れ草に燃え移った。これはまずい。ジャイルとクリストファーが炎にひるんで後ろに下がった。

「ユリウス様！」

護衛の騎士たちが悲鳴をあげた。このままでは森が燃えてしまう。それだけじゃない。この失態がお父様に伝われば、二度と外を出歩けなくなるかもしれない。それは非常に困る。

「大丈夫、大丈夫。ウォーターシャワー」

内心ではあせっているけど、あせっていない振りをしながら魔法を使った。手のひらから、じょうろでまいたような水が放出される。それはあっという間に火を消した。これで大丈夫。問題ない、はず。恐る恐る振り向いた俺を、神妙な顔つきで騎士たちが見ていた。

「ユリウス様は魔法もすごいのですね」

「すごいです！」

ジャイルとクリストファーは素直に感心してくれた。その目はすでに俺をあがめるような目つきになっている。ちょっと怖いぞ。対して騎士たちは何やらコソコソと話し合っている。これは間違いなく、ライオネルにどう報告するかを相談している感じだな。もしかして、やらかしましたかね？

そんなこんなもありながら屋敷へと戻ってきた。俺はすぐに花壇ならぬ薬草園へと向かう。足取りはもちろんスキップだ。この世界に来て、ようやく魔法薬の作製への一歩を踏み出せるのだから。

俺は『株分け』スキルを使いながら、薬草と毒消草を植えていった。植えてあったハーブは一部を残しておく。これは素材になるし、虫よけにもなるのだ。

これでよし。仕上げにウォーターシャワーで水をかけて完了だ。水魔法で生み出した水には魔力が含まれており、植物の生長を促進させる作用がある。毎日水やりに行けば、早く収穫ができるようになるし、品質もよくなるぞ。いいことしかない。

自分の部屋に戻ると、使用人に立ち入り禁止を命じてほくそ笑んだ。

俺のポケットには先ほど入手した薬草が入っている。これを使わない手はない。

「長かった。ようやくこの日が来たぞ」

俺は入手した薬草を使って、魔法薬を作り出そうと思っている。

この日のために、俺は前々からひそかに準備をしていた。

おばあ様がいつも魔法薬を作るために使用している部屋へコッソリと忍び込むと、魔法薬を入れるビンをいくつか拝借していたのだ。そのうち返すつもりなので盗みではない。断じて。

その際に、薬草などの素材も入手しようと思ったのだが、こちらは厳重に金庫にしまってあって入手することはできなかった。

しかしあの保存方法、大丈夫なのかな？　温度を一定に保つことができるような金庫には見えないんだけど。中に入っている素材の品質がとても心配だ。

まあそれはそれ。今は脇に置いておこう。手元には採れ立てフレッシュな薬草があるのだ。鮮度抜群。ただし、品質は普通である。野生に生えていたやつなので仕方がない。もっと肥沃な土地に生えていれば、その上の高品質になっていたかもしれないのに残念である。

道具はビンのみ。その他の専用の道具は何一つなかった。

普通なら魔法薬を作ることはできない。しかし俺には『ラボラトリー』スキルがある。

このスキルは魔力を消費し続けることで、特殊な魔法空間を作り出すことができる。その空間の中は〝すべての制約を受けない〟という摩訶不思議《まかふしぎ》空間なのだ。

つまりその空間を利用すれば、本来は色んな道具を使って魔法薬を作るのだが、それをすべて無視して作製することができるのだ。ただし、死ぬほど魔力を使う。

「初級回復薬を作るだけなら大丈夫なはず。できるできる絶対できる。気持ちの問題だって」

俺は大きく息を吸い込んで呼吸を整えると、『ラボラトリー』スキルを使用した。

体から少しずつ、力が抜けていくのを感じる。あまりのんびりとはしていられないな。

魔法で生み出した水を魔法空間の中に入れると、一気に蒸発させた。そしてすぐに、その水蒸気を水へと変える。

これで水に含まれていた魔力をなくすことができた。不純物が混じっていたら、それも一緒に取り除くことができる。こうすることで高品質の水を作ることができるのだ。

できあがった水をジッと見つめた。

蒸留水：最高品質。

品質は高い順に、最高品質、高品質、普通、低品質、最低品質、となっている。つまり、これ以上の品質の水を作ることはできないということである。

「よし、ここまでは予定通り。次は……」

先ほど入手した薬草を魔法空間内に放り込んだ。それを『乾燥』スキルでドライフラワーのようにカラカラに乾燥させると、乳鉢ですり潰したかのように細かく砕く。

それを先ほどの蒸留水と混ぜ合わせると、速やかに加熱する。このとき、沸騰させないようにするのがコツである。

溶液が澄んだ緑色になったところで、フィルターでこすように不純物を取り除いた。できあがった、緑色をした透明の液体をビンに移していく。

合計で三本の初級回復薬ができた。

「品質は……高品質か。まあまあだな」

薬草の品質は普通だったが、なんとか上から二番目の品質の初級回復薬を完成させることができた。気がつけば、ドッと汗が噴き出ていた。体がものすごく重い。よほど集中していたのか、ついさっきまで気がつかなかった。

「だがこれで、『ラボラトリー』スキルも使えることが分かったぞ。これさえあればなんとか自力で魔法薬を作ることができる」

それでも一日一回が今のところの使用限度のようである。成長して魔力量が増えたときに期待だな。この調子で魔法薬を作っておけば、そのうち何かの役に立つかもしれない。

できあがったばかりの初級回復薬の匂いを嗅いでみる。うん、分かっていたけど、無臭だ。どうして出回っている回復薬はあんな臭い匂いがするのに、なんとかしようと思わないんだ？

そんな疑問を抱きつつも、鍵つきの引き出しに初級回復薬を大事にしまった。

次の目標は薬草園の充実だな。さすがに素材がなくては何も作れない。なるべく早い段階で毒消草を素材にした〝解毒剤〟も作れるようになりたい。何が起こるか分からないからね。

薬草園にはそれから毎日通った。雨の日も風の日もである。そうして少しずつ薬草園を広げていき、自家製の薬草と毒消草を得られるようになっていった。

そんなある日のこと、俺はハイネ辺境伯のお抱え騎士団が魔物の討伐に向かったことを知った。

これは俺が作った魔法薬を試すチャンス！　最悪、自分の指を切って試そうと思っていたところだが、いい実験台が集まりそうだぞ。手元には高品質の回復薬が十本と、同じく高品質の解毒剤が一本ある。効果を確かめるには十分だ。

食事のときにお父様に討伐の話を聞いて、騎士団が討伐に向かったことを確認し、毎日の訓練のたびに騎士団長のライオネルに〝まだ戻ってこないのか〟と尋ねた。

そうしているうちに、〝魔物の討伐が終了し、騎士団が帰ってきた〟という知らせを受けた。

待ってましたとばかりに、俺は騎士団の宿舎へと向かった。もちろん袋の中にありったけの魔法薬を詰め込んでいる。

突然訪れた俺を、ライオネルが迎えてくれた。

「ユリウス様ではないですか。突然どうされたのですか？」

「ちょっと負傷兵の様子が気になってね。ねぎらいの言葉をかけに来たんだよ」

「中はもうじき地獄になりますけど、心の準備はよろしいですか？」

「う、うん、大丈夫だよ」

愁いを帯びた顔でライオネルが確認してきた。そこまでの表情をされるとちょっと怖いな。だが、ここで引くわけにはいかない。男だったら、一つに懸ける。偉い人がそう言っていた。

今回の魔物討伐での負傷者は三十人ほど。その中で治療が必要な人は十人ほどらしい。

おお、持ってきた回復薬と同じ数だ。まさにベストマッチ！　実験してくれと言わんばかりだ。

なお、その十人も〝自然治癒で治すから、回復薬の必要はありません〟と散々断ったそうである。

だが、傷があまりにもひどいため、団長命令で治療を受けることになったらしい。

そのため、現在隣の部屋はお通夜状態だそうである。とても静かだ。

「ライオネル、今日は俺の実験に付き合ってもらおうと思っているんだ」

「実験……ですと？」

不審そうに片方の眉をあげるライオネル。もしかして、領主の子供がむちゃ振りをしてきたと思われてる？　まあ、普通ならそう思うだろう。

「これを見てほしい」

袋から魔法薬を取り出した。それを見たライオネルの動きが止まる。

「これは？」

「緑色のが初級回復薬で黄色いのが解毒剤だ」

信じられないとばかりに手に取って確認していたが、最終的には鑑定の魔道具を持ってきた。そしておもむろに鑑定を行う。まあ、当然の反応だろうな。いつも使っている魔法薬とは似て非なるものだからね。本物かどうかの確認は必要だろう。

鑑定の魔道具には魔法薬の名前だけが表示され、その魔法薬がどのような効果を持っているのかまでは表示されていなかった。

一体、何をどうやって鑑定しているのだろうか？　すごく気になる。ゲームでは〝そんなもん〟として受け入れていたけどね。

「……本当に初級回復薬と解毒剤ですな」

ライオネルは絶句した。こんな魔法薬は初めて見た、と顔に書いてある。ここは慎重に動いた方がいいな。この反応だと、大騒ぎになりかねない。

「今回の俺の実験はここだけの秘密だ。他には絶対に漏らさないように」

「お館様にもですか？」

「そうだ」

「これはユリウス様がお作りになったのですか？」

「そうだ。俺が作った」

「どうやって？」

「それは秘密だ」

ライオネルが押し黙った。お父様に仕える身としては容認できないのだろう。しかし目の前の魔法薬は、仲間たちの希望の星に見えるだろう。〝いつもの魔法薬とは違う〟とハッキリと分かっているはずだ。もう一押しかな？

「ライオネル、初級回復薬の匂いを嗅いでみるといい」

ゴクリ、と唾を飲み込む音がしたような気がした。ライオネルは恐る恐る初級回復薬のフタを開けて匂いを嗅ぐ。

「匂いがない……そんなばかな」

「それだけでも飲みやすくなっていると思うよ」

もちろん飲みやすさだけでなく、効果も高い。何せ俺が作った物だからね！　エヘン。よしよし、大分調子が出てきたぞ。

「どうする？　約束できないなら、そのまま全部持って帰るけど」

「分かりました。私も含め、騎士団全員に口止めしておきます」

「約束だぞ。それじゃ、負傷者の治療に当たろう」

こうして俺たちは判決を待つ被告人の下へと向かった。


「……と言うわけだ。これから起こることの一切を口外しないこと。それが約束できる者のみ、ユリウス様がお作りになった魔法薬を与える」

「あの、騎士団長の話を疑うわけではないのですが、本当にそのような魔法薬が存在するのですか？」

恐る恐る騎士の一人が聞いてきた。当然の反応だと思う。これまでゲロマズだった魔法薬が急においしくなるはずがない。そう思っているのだろう。これはみんなの信頼を勝ち取るまでには時間がかかりそうだぞ。

「論より証拠だ。この魔法薬の匂いを嗅いでみるといい」

そう言ってライオネルから渡された魔法薬の匂いをみんなが確かめている。すぐにあの嫌な匂いがしないことが分かり、みんなの目がちょっと見開かれている。

「分かりました。口外しないこと約束します」

まだ疑いが完全に晴れたわけではなさそうだが、ひとまず信じてくれるみたいである。

「それではまずはキラースパイダーの毒を受けたエバンズの治療からだ」

コクコクとうなずきを返すエバンズさん。すでにその体は毒によって、半身不随になっている。これまでの解毒剤では、キラースパイダーの毒は完全に取り除くことができず、命を取り留めるので精一杯だったのだ。

エバンズさんに、ライオネルが無理やり解毒剤を飲ませた。

変化はすぐにやってきた。先ほどまでピクリともしなかった手足がワキワキと動き出した。それよりも……。

「甘ーい！　甘い魔法薬なんて物があってもいいのか？」

突如元気を取り戻したエバンズさんが叫び声をあげた。体の傷も徐々に塞がっていく。それに気がついたのはそばで見守っていた騎士の一人だ。

「エバンズのケガが治ってきてませんか？」

「ほ、本当だ！　これは一体？」

「解毒剤には薬草も含まれるからね。少しだけど、傷を治す効果もあるよ」

「これが少しだなんてとんでもない。この魔法薬は女神の秘薬ではないのですか？」

「違うよ。ただの高品質の解毒剤だよ」

「高品質の解毒剤？」

おっと、しゃべりすぎてしまったかな？　でも口止めしていることだし、話しても大丈夫だろう。今は少しでも信頼度をあげておかないと、今後の人体実験……いや、魔法薬の効果の確認に支障が出るかもしれないからね。

「実は俺、魔法薬の品質が分かるんだよ」

「なるほど、だからあのとき、魔法薬を見せてほしいと言ったのですね」

ライオネルが納得したかのようにうなずいている。それを聞いた騎士たちが我慢できないとばかりに聞いてきた。

「それで、そのときの結果はどうだったのですか？」

「……すべて最低品質。そしてゲロマズ」

「ジーザス！」

俺をのぞく、その場にいた全員がそう叫び、天を見上げた。俺も最初に見たときは、同じように天を見上げたくなったよ。そして現実から目をそらしたかった。

負傷した騎士たちがすがるように俺を見ていた。きっとこれから使う初級回復薬に期待しているのだろう。

解毒剤を甘くしたのは、そのままだとどうしても苦みが出てしまうからであった。そこで飲みやすいようにハチミツを加えて少し改良したのだ。

一方で、初級回復薬の味は特にいじっていない。それでも無味無臭なので、水と同じように飲めると思う。実際に飲んでいないので分からないが。

「それでは初級回復薬を支給する。たぶん、これまでの魔法薬よりは飲みやすいと思うよ」

「それだけでも十分です！」

「もうあの地獄の苦しみを味わわなくてすむのか。この魔法薬があれば、あいつも……」

なんだか不穏な話が出ているな。確か、おばあ様の作った魔法薬で助からなかったという人はいなかったはずだけど……ゲロマズ魔法薬に耐えきれなくて、やめていった団員がいるのかな？

一人一人に初級回復薬を手渡しては、なぜか握手を求められた。なんでや。

全員に初級回復薬が行き渡ったところで、俺が乾杯の音頭を取ることになった。なんでや。

「そ、それじゃみんな、心の準備はいいか？　一気に飲んでくれ。みんなの健康に、乾杯！」

「乾杯！」

「かんぱーい！」

飲む必要がないライオネルも水で付き合ってくれた。そしてすぐに変化が表れる。

「飲める、飲めるぞ！」

「まずくない！　みるみるうちに傷が塞がっていくぞ」

「すげえ！　これは水だ！」

「おおお！　あの上級回復薬を飲まなければ治らないと思っていた傷がキレイに塞がっていく……あなたは神か」

涙を流す元負傷者たちが、いつの間にか俺の前にひざまずいていた。何この状態。ライオネルも涙を流しながらひざまずいている。

「ああ、ええっと、無事にみんなの傷が治ってよかった。キミたちはハイネ辺境伯の大事な戦力だからな。今後もキミたちの活躍に期待する！」

「御意に！」

その場にいた全員が声をそろえた。

なんだろう、騎士団の忠誠心がものすごく高くなったような気がする。ともかく俺の目的は達成することができたし、良しとしよう。

「ユリウス様、追加の魔法薬をお願いすることはできますか？　キラースパイダーの毒で苦しんでいる仲間がまだいるのです」

「もちろんだよ。初級回復薬も解毒剤も新しく作り次第、内緒で、持ってくるよ」

俺は〝内緒で〟の部分を強調して言った。ライオネルが深くうなずき返してきた。

「中級回復薬などはまだ作れないのですか？」

ライオネルが疑問を投げかけてきた。中級回復薬があれば、よりひどいケガにも対応できる。

「まだ作れないんだ。必要な素材が足りなくてね」

「……ちなみにですが、今回の魔法薬の素材はどこで手に入れたのですか？」

ライオネルが恐る恐るといった様子で聞いてきた。もしかして、おばあ様のところから、くすねてきたとでも思われているのかな？

「俺が花壇を作っているのを知ってるか？」

「それはもちろんですとも。奥方様がそのような話をなさっていたのを聞いたことがあります。もしや……」

「そう。その花壇が実は薬草園になっていてね。そこで薬草や毒消草なんかを育てているんだよ」

「なんと！」

それを聞いた騎士たちの騒ぎがだんだんと大きくなっていった。その中には〝なんとしてでも死守せねば〟という声も聞こえる。

確かに魔法薬を作るためには必要な場所ではあるけど、最悪、森に行けば採集することができるしなぁ。

「ユリウス様、今後はユリウス様の薬草園の警備を強化したいと思います」

「え？　そこまでしてもらわなくてもいいよ」

「野生動物や虫に荒らされたらどうするのですか。必ず守ります」

「う、うん。頼んだよ」

その場にいた全員のギラギラした瞳に負け、断ることはできなかった。

うーん、目立ちそうだなぁ。お母様が知ったらどう思うか。ちょっと不安だ。

こうして俺と騎士団の間で鉄の掟《おきて》が定められた。警備は昼間だけかと思っていたら、どうやら夜間も行っているようである。よっぽど今までの魔法薬が嫌だったんだな……。

それから俺が街に出かけるときの護衛はライオネルがつくことになった。だれも俺には指一本触れさせないと意気込んでいる。そしてそれ以来、騎士たちの俺に向ける視線は熱かった。


俺は素材が集まり次第、初級回復薬と解毒剤を作製し、騎士団へ送り届ける日々を過ごした。

一日につきどちらか一本しか作ることはできなかったが、それでも徐々に騎士団に復帰する人が増えていった。

「ライオネル、魔物のいる森には行けないかな？」

「ユリウス様、さすがに危険だと思いますが……」

「そうですよ。万が一のことがあったらどうするのですか」

ジャイルも反対のようである。クリストファーは沈黙。だがその顔には〝行きたくない〟と書いてあった。

「実は魔力草が欲しいと思っているんだよ」

「魔力草が……我々が採ってくるのではダメなのですか？」

「採取した魔力草を薬草園に植えようと思っている。それで魔力草を傷めないように周りの土ごと欲しいんだけど、それが難しいと思うんだよね」

「それで自ら採取しに行きたいと……」

「うん」

ライオネルがあごに手を当てて考え込んだ。新しい魔法薬が作れないのは単純に素材がないからである。

都合のいいことに街からそう遠くないところに魔物の住む森がある。そこにはたくさんの素材があるはずだ。それを使わない手はなかった。

「分かりました。なんとか計画してみましょう」

「よろしく頼むよ」

「御意に」

ライオネルが静かにひざまずいた。それを見たジャイルとクリストファーが慌ててそれに倣った。

なんか騎士団の親玉になった気分。

一般的に、魔物がいる森へは立ち入り禁止になっている。その中でも例外的に立ち入りを許可されているのが冒険者ギルドに所属する冒険者たちである。

彼らは冒険者ギルドからの依頼によって、危険も顧みずに魔物が生息する場所へと入っていくのだ。

魔物は野生動物とは違い、死ぬと体の一部が魔石になる。この魔石は魔道具を動かすための電池のような役割を果たすため、常に需要があった。

冒険者にとっては安定した収入源になることもあって、魔物が出現する魔境へ行く者は多かった。

冒険者以外で魔境に人が入るのは、領地内に魔物が生息する場所を抱えている貴族が、魔物が増えすぎないようにするために〝魔物の討伐〟を行うときだけである。

つまり俺が魔境に入るためには、冒険者になるか、魔物の討伐に参加するか、バレないようにコッソリと入るかのいずれかである。

「ユリウス様、この辺りが先日、魔物の討伐を行った区域になります」

ここは騎士団の執務室。その部屋には騎士団長のライオネルを始め、各部隊の隊長、副隊長がそろって地図を見ていた。

ライオネルが選択したのは〝コッソリと入る〟であった。そして安全性を高めるために、先日魔物の討伐を行った周辺に向かうことにしたようである。確かにそれなら、安全性は格段に高くなるだろう。

でも大丈夫なのかな？　バレたらめっちゃ怒られると思うけど。自分でお願いしておいてなんだけどね。

「もうすぐ、お館様たちが王都の社交界に出発します」

ライオネルが声を低くした。完全に悪巧みである。

辺境を守っているとはいえ、ハイネ辺境伯も貴族であることには変わりがない。そのため、社交界シーズンには王都に出向いて、それなりの情報を集め、貴族間のつながりを深めなければならない。

そしてこの社交界シーズンには、高位の魔法薬師であるおばあ様も参加するのだ。もちろんおじい様も一緒だ。そのため、この期間中はハイネ辺境伯家はもぬけの殻となるのだ。

今年は上の二人の兄も一緒に王都に向かうはず。屋敷に残るのは俺と妹だけ。俺にとってはますます都合のいい期間だった。

「なるほど。そのすきを狙って魔物が生息する森へ入るのか。でも、ライオネルは王都へ行くお父様たちの護衛につくのだろう？」

「通常はそうなのですが、今回は屋敷にユリウス様とロザリア様しかいらっしゃいません。万が一に備えるということで、私は残ることになりました」

なるほど。そこはライオネルがうまいことお父様を言いくるめたみたいだ。

だが間違ってはいない。留守を狙って何か仕掛けてくる者がいるかもしれないのだ。頼れる人物は一人でも多い方がいい。

「よろしい。ならばお父様たちが王都へ行っている間に、魔物の森で魔法薬の素材を集めることにする。だが、使用人たちには、なんと言って屋敷を出るんだ？」

「そこはいつものように、ユリウス様が街に視察に向かうと言っておくのですよ」

「なるほど。ライオネル、お前もなかなかワルだな」

「いえいえ、ユリウス様ほどではありませんよ」

この部屋にいた全員がニヤリと悪い笑顔を浮かべている。千載一遇のまたとないチャンス。この機会を逃してはならない。

俺たちは速やかに計画の詰めに入った。

第三話

魔物の森

目の前に魔物の森が見えてきた。

お父様たちが王都へ旅立って数日。ようやく計画を実行する日が来たのだ。しきりに妹のロザリアが一緒についていくると言ってたが、さすがに連れていくのは無理だ。なぜならば、ロザリアは俺が街へ行くと思っているからだ。だがこれから行くのは魔物の森である。

「ユリウス様～、ボク、おなかが痛くなってきましたよ～」

「なんだ、クリストファー、怖いのか？」

ジャイルが、先ほどから震えているクリストファーを挑発している。

本当はクリストファーは行きたくなかったんだろうな。でも、俺たちは三人一組として見られている。一人でも欠けていると怪しまれる恐れがあるのだ。運がなかったと思ってあきらめてほしい。

それにこれだけ護衛がいるのだ。万が一はないだろう。それに初級回復薬も解毒剤も持ってきている。ケガも毒もその場で治療することができるのだ。

「クリストファー、嫌ならこの馬車の中で待っていてもいいんだぞ？　ここまで来れば疑いの目をかけられることはないだろうからな」

「そ、そんな～、もちろんついていきますよ」

どうやらクリストファーの忠義は厚いようである。だが今回の魔物がいる森での採取は、クリストファーにとっても自信につながるはずだ。ちょっと弱気なのが玉にきずなんだよな。

「そうか。それじゃ行くとしよう」

「ユリウス様は恐れていないようですな。実に頼もしい」

「まあね。俺には魔法があるからね」

ハッハッハ、とライオネルが笑った。冗談ではない。ゲーム内でのメイン職は〝魔法使い〟だったのだ。生産職ばかりやっていたわけではない。レア素材を得るために危険区域に行くこともあったからね。そのため、それなりに戦うことができる。

二十人規模の武装した集団が魔物の森へと入っていく。中央にいる俺たちを守るように、円陣を組んでいた。斥候はすでに先行しており、常に万全の警戒態勢を敷いている。

「足下に気をつけてくれ。なるべく植物を踏まないように。どこに貴重な素材が生えているか分からないからな」

見るからに怪しい集団は森の奥へと入っていった。しばらく進むと見慣れたキノコを発見した。

「止まってくれ。これはしびれキノコだ。痛み止めに使える」

「おおお！　すぐに採取します！」

俺の指示にすぐさま騎士たちがキノコを採取してゆく。痛み止めがあれば、戦場でケガをしても笑って後方の野戦病院まで行くことができるぞ。もちろん、頭痛や生理痛にも効く。

「さすがはユリウス様。よくご存じですな」

「いや、ほら、俺、鑑定できるから……」

「なるほど、そうでしたな」

コソコソとライオネルと話す。俺が鑑定できることは騎士団しか知らない。悪いとは思うが、ジャイルとクリストファーも知らないのだ。

二人は俺と同じ七歳児。まだまだ子供だ。ポロッと口に出す可能性があるからね。

「ユリウス様、あの見慣れない草は？」

「あれはただの雑草だね」

「こっちの草は薬草じゃないですか？」

ジャイルは余裕が出てきたようで、一緒に素材を探し始めた。一方のクリストファーはせわしなく左右を警戒している。

「うん、正解だ。持って帰ってもいいけど、屋敷には保存できる魔道具がないからなぁ。そうだ、この際だから、保存容器の魔道具を作るとしよう」

「ユリウス様は魔道具も作れるのですか？」

「モチのロンだよ、ライオネル君。そのためには魔石が必要だな」

「魔石が必要だ！　だれか魔物を狩ってこい！」

ライオネルの指示に〝オウ！〟と野太い返事があった。ガチャガチャという鎧《よろい》のぶつかる音が遠ざかっていく。大丈夫かな？　大丈夫だよね。うちの騎士団は強いから。

その証拠に、長い間、魔物の討伐で死者を出したことはなかった。おばあ様が作った上級回復薬があったとしても、死んでしまっては効果がないからね。

その後も薬草や毒消草、しびれキノコ、粉じんキノコなどを採取しながら進む。そしてようやく探し求めていた素材を見つけることができた。

「魔力草だ！　やっと見つけることができたぞ。ここまで見つけにくいとは思わなかった」

「魔力草は冒険者ギルドでも高く売ることができますからな。冒険者が最優先で採取するのでしょう」

「なるほどね。栽培方法はまだ確立していないみたいだね」

「それどころか、薬草の栽培ができるようになったのは最近の話ですよ」

「あらら。ひょっとして栽培している俺って、かなりすごいのでは？」

「……もしかして、気がついておりませんでしたか？」

「……うん」

ライオネルに残念な人を見るような目で見られているが、そんなの関係ない。そんな視線をものともせずに、俺は魔力草の苗を『移植』スキルで採取した。できればもう何株か欲しいんだけど。

その後も森を巡回し、なんとか合計三株の魔力草の苗をゲットしていた。できれば十株くらい欲しかったんだけど、しょうがないね。

「団長！　またゴブリンです」

「またか？　迎撃しろ！」

「了解です！」

魔物の森に入ってから、どうも定期的にゴブリンに遭遇するような気がする。ライオネルが〝またか〟と言うのもうなずける。まあ、ゴブリンは単独なら弱い魔物なので、騎士団の相手にはならないのだが。

「さすがは魔物の森だけあって、ゴブリンが多いですね」

ようやく魔物の森に慣れてきたクリストファーが、周囲を警戒しながら言った。

「ゴブリンは雑魚《ざこ》中の雑魚だからな。クリストファーも一匹倒して、手応えを感じた方がいいんじゃないのか？」

先ほどゴブリンを倒したジャイルが上機嫌で言った。自分でも勝てると思ったのだろう。大分弱らせてあったけどね。そうでもなければ、たとえゴブリンといえども、七歳児が無傷で倒せるはずがない。

でもおかしいな。

「ライオネル、この辺りは先日、魔物の討伐を行ったエリアだよな。それなのに、こんなにゴブリンがいるものなのか？」

「……確かに、何か変ですな。通常ですと、しばらくはゴブリンだけでなく、他の魔物も現れないはずです。そうでなければ、もっと頻繁に魔物の討伐を行わなければならないでしょう」

「なんだか嫌な予感がするな。どこからかゴブリンの集団がこの森に移住しようとしているんじゃないか？　もしくは、すでに移住してきているとか」

ライオネルが腕を組み、目を閉じた。その様子を騎士団の団員が不安そうに見ている。どうやらライオネルが考え込むときの癖のようである。

「我々が魔物の討伐を行って、外敵がいなくなった場所にゴブリンが移住する。ありえる話ですな。すぐに斥候を呼び戻して、調査させましょう」

「そうだな。そうしてくれ」

そのとき、俺の『探索』スキルに反応があった。このゴブリンの密集度は村でも作っているのではなかろうか。

ゴブリンの繁殖力は強いので、できる限り早めに潰しておいた方がいい。だが俺がその場所を言い当てたら〝なんで分かったんだ〟と騒ぎになりかねない。

騎士団にとって『探索』スキルは喉から手が出るくらい欲しいスキルだろう。安全性と情報量が段違いだからな。それがバレたら〝ぜひ騎士団に！〟とか、言われかねない。

俺は騎士ではなく、魔法薬師にならなければならないのだ。

ライオネルをうまくはぐらかしつつ、〝なんとなく向こうを調査したらいいんじゃないかな〟と助言をして素材採取を続ける。

しばらくすると斥候が情報を持ち帰ってきた。その顔にはあせりの色が見られる。

「どうした？」

「団長、ゴブリンが集落を作っています」

「やはりか。ユリウス様、どうなさいますか？」

「ゴブリンの数次第だな。この人数で殲滅《せんめつ》できるなら潰すぞ」

ライオネルがこちらを見てうなずいた。ジャイルとクリストファーの顔は青くなっていた。周囲にいる騎士たちの顔がますます引き締まった。弱い魔物とはいえ、油断はしていないようである。さすがはハイネ辺境伯家の騎士たちだ。

「数は？」

「およそ三十です」

「よし。ゴブリンの集落を破壊する。総員準備を始めろ」

「ハッ！」

ライオネルの号令ですぐに装備のチェックと、作戦が決められていく。多少の討ち漏らしは仕方ないとして、正面からぶつかることになった。回り込めればよかったのだが、時間が足りなかったのだ。

すでに日は傾き始めている。そろそろ戻らないと日が暮れてしまう時間帯だった。装備を固めた騎士団に対して相手はただのゴブリン。人数は向こうの方が多いが、負けることはないだろう。

「それでは作戦を開始する！」

ライオネルの号令で騎士団がゴブリンの集落に突撃した。ガチガチの装備に固められた騎士の出現により、集落はパニック状態に陥った。そのすきを逃さずに次々とゴブリンを討ち取っていく騎士たち。

俺は見ているだけでもよかったのだが、せっかくなので、魔法で攻撃することにした。スライムは問題なかった。しかし人間に近い姿をしているゴブリンでは倒すのをためらってしまうかもしれない。

いざというときに殺すのをためらうことがないように、今から慣れておく必要があるだろう。

「ウインドソード！」

ゴブリンの集落から逃げ出そうとしていたゴブリンのけい動脈を切断する。ちょっと〝うえ〟と思ったが、特に緑色の液体が飛び出すこともなく、すぐに光の粒になって消えた。恐らく魔石になったのだろう。

「まさにゲームだな。実体があるようで、ないのか」

「さすがはユリウス様！　こんな簡単にゴブリンを倒してしまうだなんて」

思わずドキッとしたが、クリストファーに俺のつぶやきは聞こえていなかったようである。不審に思われなくてよかった。

逃げようとしていたゴブリンを何匹か倒していると、戦闘は終了した。思ったよりもあっけなかったな。

「いやはや、実にお見事ですな。話には聞いておりましたが、まさかユリウス様がここまで魔法を自在に使いこなせるとは思いませんでした」

「ウインドソードを実戦で使ったのは初めてだけどね。うまくいってよかった」

「とても初めてとは思えませんでしたぞ」

さすが騎士団長のライオネル。騎士団の動きを見つつ、俺たちのことも見ていたのか。だが真相にたどり着くことはないだろう。〝もしかして、ゲームで使っていた？〟なんて聞かれた日には、相手も同じ穴のむじなであることがバレバレだ。

「団長、魔石の回収が終わりました」

「ご苦労。それでは日が暮れる前に戻るぞ」

ライオネルの指示の下、俺たちは帰路についた。

帰りの馬車の中で気になったことをライオネルに話す。

「あのゴブリンはどこから来たんだろうな？」

「恐らくは魔物の森の奥からだと思います」

「それじゃ、魔物の森の奥にはもっと大きな集落があるのかな？　そこが手狭になったから、新天地を求めて森の外側までやってきた」

ライオネルを見つめた。ライオネルは眉間にシワを寄せて目を閉じている。ライオネルもその可能性にたどり着いているのだろう。そしてそれは厄介事であることを意味している。

「そうかもしれません。いかがなさいますか？」

ようやく目を開けたライオネルが鋭い目つきで聞いてきた。それを聞いたジャイルとクリストファーの顔が少しだけ青くなっている。

「お父様たちが帰ってくるのはまだまだ先だ。それまで待っていると、さらに状況が悪くなってしまうかもしれない。ライオネル、お父様に手紙を出してくれ。許可をもらい次第、冒険者に頼んで魔物の森を調査してもらう」

騎士団の斥候を使うという手もあるが、冒険者ギルドとの関係を維持するためにも、冒険者に頼んだ方がいいだろう。それに彼らの方が魔物の森には詳しいからね。

「お館様にはどのように報告しましょうか？」

「俺のわがままで魔物の森の近くを通ったら、先日、魔物の討伐を行った場所でゴブリンを複数目撃した。不審に思ってあとをつけたら集落があったので潰しておいた。他にも集落があるかもしれないので調査をしたい。どうかな？」

俺のわがままで仕方なく魔物の森の近くまで行ったとなれば、護衛が怒られることはないだろう。ライオネルを見ると眉間にシワが寄っていた。不満そうである。

「ユリウス様の心証が悪くなるのではないですか？」

「俺の心証が悪くなるくらいで領民の被害が最小限に抑えられるなら、いくら悪くなっても構わないよ」

「……分かりました。仰せの通りに」

「頼んだよ、ライオネル」

渋々、といった感じでライオネルがうなずいた。余計なことしなければいいんだけど……。この件に関しては速やかに行動しないと。ゴブリンの集団が一気に街や村に押し寄せるなんてことがあったら、冗談ではすまされないからな。

屋敷に戻るとすぐに魔力草の苗を植えた。この日のための準備は万端だ。俺は泥だらけになりながら、なんとか日が暮れるまでにすべての苗を植え終えた。

そして泥だらけになった俺を見た使用人に怒られたのであった。


ライオネルはその日のうちに、王都にいるお父様に向けて手紙を出したらしい。そして翌日には冒険者ギルドに魔物の森の調査依頼を出した。

報酬はどうするのかと尋ねたら、お父様からある程度の自由に使えるお金を預かっているとのことだった。どうやらそのお金を使って冒険者たちに依頼したようである。

それなら別に、調査依頼の結果が出てからお父様に報告してもよかったのではないだろうか？

いや、それだと後手に回ってしまうのか。的確に状況判断をするのは難しいな。こんなときに頭のさえた軍師がいたらよかったのに。

王都から返事がくるまでには少なくとも三日はかかるだろう。そして冒険者ギルドからの調査結果があがってくるのには三日ではすまないかもしれない。

その間に俺は魔道具を作ることにした。採取してきた魔法薬の素材を長期保存するための魔道具だ。

「このお金で鉄板と魔導インクを買ってきてくれ」

「かしこまりました」

使用人が頭を下げて、部屋から出ていく。これで必要な物が一通り集まるぞ。

ゲームの知識がそのまま使えるならば、魔導インクで描いた魔法陣を使って色んな魔道具を作ることができるはずだ。うまくいけばいいんだけど。この世界で魔道具を作るのは初めてだからね。ちょっと不安だ。

「お兄様ー！」

トントンと小さなノック音と共に声が聞こえてくる。扉を開けると、そこにはちょっとウェーブがかったブロンドの髪を背中の中ごろまで伸ばした小さな女の子が立っていた。妹のロザリアだ。つつきたくなるようなほっぺたに、ポヨポヨの眉。キラキラと輝くブラウンの瞳がこちらを見上げている。

昨日は構ってあげられなかった分、今日はたくさん構ってあげないとな。かわいい妹には嫌われたくないからね。

「どうしたんだい、ロザリア？」

ロザリアの手には大事そうに絵本が抱えられている。あれはお星様の絵本だな。ロザリアのお気に入りの絵本だ。ロザリアの後ろに控えている使用人も、両手に絵本を抱えている。

これは今日一日、絵本の読み聞かせ三昧の日になりそうだ。まあ、それもいいか。ゴブリンのことは気になるが、新たな情報が入ってくるまでは動けないからね。

「お兄様、この本を読んで下さい！」

「いいよ。えっと、サロンに移動する？」

「いいえ、ここがいいですわ」

そう言ってロザリアは俺のベッドの上にちょこんと座った。隣に俺が座ると、膝の上に乗ってきた。

はいかわいい。俺の妹がかわいすぎる。家族みんなロザリアのことが好きだと思うけど、俺が一番好きだと思う。ロザリアから絵本を受け取ると、さっそく読み始めた。

この絵本は夜空に浮かぶお星様を線で結んで、動物を作っていく話が書かれている。たぶん実在する星ではなく、絵本の中だけの話なのだろうが、絵のキレイさも相まって、ロザリアのお気に入りなのだ。

「こうしてお星様を結んで、クマちゃん星が夜空に飛び立ちました」

「クマちゃん星、私にも見つけられますか？」

「どうだろうね～？　クマちゃん星は恥ずかしがり屋だから、なかなか見つからないかもしれないね」

俺の適当な解説にもフンフンと鼻息を荒くして聞いてくれている。そんなロザリアの頭をなでて、次の絵本へと取りかかった。いつかロザリアにクマちゃん星を見せてあげることができたらいいな。


翌日、薬草園の水やりや、妹の馬として午前中を過ごしていると、使用人が注文していた品を買ってきてくれた。

鉄板と魔導インク。薬草などの素材を新鮮なまま保存しておくだけの簡単な容器を作るだけなので、この材料で十分だ。

昼食をすませ、妹をお昼寝させるとさっそく作業に取りかかった。ガンガンうるさく音を出すと迷惑だろうし、使用人に何をしているのか怪しまれるかもしれない。

そのため防音の魔法であるサイレントを部屋に使ってから作業を開始した。

鉄板を曲げるのには『クラフト』スキルを使う。このスキルを使えば、金属の形を自在に曲げることができるのだ。ただし、それなりに魔力を使う。

細かい作業をするにはそれ相応の道具が必要になるが、簡単な形を作るだけならこのスキルだけで十分だ。

さほど苦労せずに三十センチ四方の鉄製の入れ物が完成した。高さは二十センチほど。高級菓子が入っていそうな入れ物で、フタをパカリと開けるタイプだ。これなら中身が一目瞭然だし、取り出しやすい。

「よーしよしよし、ここまでは順調だぞ。仕上げに魔法陣をフタに描けば……」

フタの裏側に魔導インクで幾何学模様を描いていく。ゲームで何度も描いているので、完璧に頭が覚えている。間違ってはいないと思うんだけど。

うん、まあまあのできだ。子供の器用さを高く見積もりすぎた。思ったように手が動かない。これは練習が必要だな。この魔道具作りが終わったら毎日の練習に取り入れよう。これはこれでなんとか使い物になると思う。

「これで完成だ。魔石を箱の中に入れておけば、魔力が鉄に伝わってなんとかなるはず。効果のほどは、使ってみれば分かるか」

そんなわけで、昨日採取してきた魔法薬の素材をできあがったばかりの保存容器の中に入れた。これらの素材は優先して使うつもりなので、魔道具がうまく機能しなくても大丈夫。

気がつけば部屋は夕焼けに染まっていた。俺は慌てて妹のご機嫌を取りに向かった。

「お兄様、一人でずっと何をしていたのですか！」

夕食の席で俺は妹に責められていた。どうやらロザリアは午後も俺と遊ぶつもりだったようである。一向に現れない俺をずっとサロンで待っていたらしい。悪いことをしてしまったな。

いや、そもそも午後も遊ぶ約束はしていなかったわけだが。

「ごめんごめん。ちょっと勉強に熱が入りすぎただけだよ」

「何の勉強ですか？」

ちょこんと首をかしげる姿がかわいくて、ついポロリと言ってしまった。

「魔道具の勉強だよ」

「お兄様は魔道具を作っているのですか？」

純粋な好奇心による質問。周囲に控えている使用人は何やら聞き耳を立てているようである。ここはごまかさないといけない場面だ。

「新しい魔道具を作ってお金持ちになろうと思ったけど、うまくいかなかった」

「難しいのですか？」

「うん、難しいね」

「ふ〜ん」

そう言うと妹は食事を再開した。納得してくれたかな？　興味を失ってくれたようで、その後は特にたわいもない会話を続けた。

食事が終わったらお風呂だ。この時間はゆっくりできるはずだったのだが。

「お兄様ー」

妹が乱入してきた。普段はお母様とおばあ様という二大ストッパーがいるため、妹が俺の入っているお風呂に入ってくることはない。すっかり油断してしまった。

しかし、今さら追い出すわけにもいかず、一緒にお風呂に入るしかなかった。

「ロザリア、みんなには内緒だよ」

「分かりました！」

本当に分かっているのかな？　とても不安だ。普段は使用人が体を洗ってくれるのだが、気をつかっているのか今日は入ってくる様子がない。仕方がないので妹を湯船から引き上げて体を洗ってあげる。

「お兄様、私、欲しい魔道具があるのです」

「へえ、どんな魔道具なのかな？」

どうやら魔道具への興味は失ってなかったようである。ロザリアが目を輝かせてこちらを見ている。俺が魔道具について話したばかりに、ずいぶんと期待させてしまったようだ。

「お星様を作る魔道具が欲しいのです」

「お星様を作るねぇ」

ロザリアはお星様の絵本が大好きだからね。本物のお星様が欲しくなったのかもしれない。そうだな、本物のお星様を作るのは無理だが……その代わりにいい考えがひらめいたぞ。

「作れそう？」

「そうだな、作ってみようかな？」

「ありがとう、お兄様！」

そのまま裸で抱きついてきた。うーん、これは案件だなぁ。だれにも見られなくてよかった。

お風呂からあがった俺はさっそく先ほど思いついた魔道具の作製に入った。鉄板に無数の穴を開け、形を球体にする。そしてその内側に光源となる光を放つ魔法陣を描いた。

エネルギー源となる魔石は球体の中にそのまま入れた。転がすとカランカランと音がする。子供が喜びそうな感じになると思う。

おっと、スイッチを忘れていた。俺は外側に、触れるごとにオンオフが切り替わる魔法陣を描いた。試しに触れてみると、球体の内側からまばゆい光が漏れ出した。

うん、大丈夫そうだな。できあがったばかりの魔道具を持って、妹の部屋へと向かった。

「ロザリア、今日のおわびの品を持ってきたぞ」

「おわびの品？」

首をかしげるかわいい妹。室内にはロザリア専属の使用人が控えていた。さすがに彼女を部屋から出すわけにはいかないので、申し訳ないがそのまま壁の花になってもらうことにする。

「そうだよ。これだ」

俺は先ほど作りあげた魔道具を差し出した。不思議そうな表情でそれを見つめるロザリア。

「明かりを消してくれるか？」

俺の命令にためらう仕草を見せたが、使用人は明かりを消してくれた。俺はロザリアの手元にある魔道具を操作し、暗い部屋の中に星空を作り出した。

そう、俺が作ったのはプラネタリウムを模した魔道具である。

「わあ！　お星様だ！」

「そうだぞ。お星様だぞ」

それは天井だけでなく、四方の壁にも投影されていた。

もちろん、この世界の星空を再現したわけでもなく、小さな穴を開けただけである。それでもパッと見た感じでは、どこかの世界の星空に見えた。

さらにこの星空には仕掛けがある。俺は壁に映っている星を線で結んだ。

「これ、なんだと思う？」

「それは……クマちゃん星！」

「正解。じゃあ、こっちは？」

「ネコちゃん星！」

それからはロザリアも加わって絵本の中のお星様を探した。全種類の星を作っておいてよかった。

まさかロザリアが全部の星を覚えているとは思わなかった。恐ろしいほどの記憶力である。これはロザリアの前でうかつなことを言えないな。

「お兄様、ありがとう！」

暗くて顔は見えなかったが、その声は弾んでいた。これで少しはお母様がいない寂しさを紛らわせることができたかな？

第四話

万事、ユリウスに任せる

ロザリアが寂しくないようにと思って作った魔道具だったが、すぐに大問題が発生した。

俺の作ったプラネタリウムの魔道具はロザリアによって〝お星様の魔道具〟と命名され、毎晩俺の部屋にその見事な星空を披露することになった。

それはそれで別にいいのだが、ロザリアがそのまま俺のベッドで幸せそうな顔をして眠りにつくのだ。

もちろん、ロザリア専属の使用人も一緒である。ここ数日、疲れが取れないような気がするのは気のせいだろうか。

自分の部屋で寝てもらうにはどうすればいいのだろうかと考えていたある日、王都にいるお父様から手紙が届いた。

間違いなく、ライオネルが先日出した手紙に対する返事だろう。しかしそこには俺の名前はあるが、ライオネルの名前はなかった。

これはライオネルではなく、俺宛てなのかな？　使用人からペーパーナイフを受け取り、封を切った。

「なんだこれ。ライオネルは一体どんな報告書を送ったんだ？　〝万事、ユリウスに任せる〟って、どういうことなの？　俺に全権を委ねるってことなのか？　俺、まだ子供だぞ」

「お兄様、どうしたのですか？」

隣で朝食を食べていたロザリアが心配そうに聞いてきた。ロザリアの頭をひとなでしてから、努めて優しい口調で声をかける。

「なんでもないよ。ちょっと予想外の返事がお父様から来ただけさ。ライオネルに相談すればすぐに解決するよ」

納得したのかどうかは分からなかったが、それ以上は聞いてこなかった。ときどき妹が何を考えているか分からないところは怖いな。記憶力はいいし、思ったよりもしたたかなんだよね。

朝食が終わると、すぐに薬草園に行って水やりをする。そのときに薬草園を警備している騎士にこれからライオネルのところを訪れることを告げておく。

別に連絡なしで行ってもよかったんだけど、もしかすると、冒険者ギルドから調査報告が来てるかもしれないからね。その準備があれば、と思ったのだ。

騎士団の訓練場に到着すると、その足で騎士団長の執務室へと向かった。執務室には騎士団長を始め、各部隊の隊長、副隊長がそろっていた。

「ユリウス様、何かありましたかな？」

「うん。今日、お父様から手紙が俺宛てに来てさ」

そう言って手紙をライオネルの前に置いた。ライオネルはその手紙を確認する。

特に何も言うこともなく無言である。むしろ〝これが何か？〟みたいな顔をしてる。

「ライオネルは一体どんな内容の手紙をお父様に送ったんだ？」

「ユリウス様の言われた通りにそのまま書きましたが……もちろんユリウス様の提案ということで」

「それだ！　なんで俺の名前を出すんだよ。指揮権が俺になってるじゃないか。ライオネルは子供に指揮権を持たせるつもりか？」

「ええ、まあ……適任だと思いますが」

「なんでだよ！」

どうやらそう思っているのは俺だけのようで、その部屋にいた全員がしきりに首をひねっている。

……お前ら子供に命令されて何とも思わないのかよ。どう考えても、騎士団長のライオネルが指揮権を持つべきじゃないのか。

ああ、なるほどね。俺の権限でライオネルを指揮官に任命しろというわけか。それならハイネ辺境伯家の者が先頭に立ち、力を振るったことになる。領民からも〝ハイネ辺境伯はすごい！　頼りになる！〟となるわけだ。

それで失敗したらライオネルのせいにするわけか。……これは失敗できないな。かといって、俺が先頭に立って指揮するわけにはいかない。

「ライオネル、お前を有事に際しての指揮官代理に任命する。今後、ライオネルの命令は俺の命令だ。みんな、そのつもりで」

「えええ！　ユリウス様がそのまま指揮を執ればよいのではないですか。皆、ついていきますぞ」

「えええ……」

周囲を見回すと、みんなが期待に満ちた目で俺を見ていた。やめろ、そんな目で俺を見るな。

「ダメだダメだ。冒険者ギルドとのやり取りもあるだろう？　その辺りをスムーズに行うためにもライオネルの力が必要だ。それに、ほら、俺には妹の面倒を見るという大事な仕事があるからさ。それに魔法薬も作らないといけないし、ね？」

俺の必死の説得によって、渋々ではあるがライオネルたちは承諾した。どうしてお前たちは七歳児をそんな目で見るのか。いじめか？　もしかして、新手のいじめなのか？

面倒事をライオネルに押しつけ、これでようやく一息つけそうだと思っていたら、そんなことはなかった。

昼食も終わり、妹を寝かしつけたころに、騎士団長から緊急の呼び出しがかかった。どうやら冒険者ギルドから報告が来たらしい。

急いで騎士団長の執務室へと向かった。そこには厳しい顔をした団員たちの姿があった。

「ライオネル、報告を頼む」

悪い予感しかしないが、聞かなければならない。そして方針を決めなくてはならない。

「冒険者ギルドからの報告では、魔物の森のこの地点に大きなゴブリンの集落があるそうです。ゴブリンの数はおよそ三百」

「三百？」

「はい。そしてその中にはゴブリンの上位種の存在が確認されています。ギルドマスターの話によると、ゴブリンキングやゴブリンロードもいるかもしれないということです」

そりゃ暗い表情にもなるわ。これは騎士団だけでは無理だな。兵を召集する必要がある。全権を任されているとはいえ、兵士を動かすなら正式な手続きが必要だ。

国にも報告しなければならないし、周囲の領主への根回しもいる。それまでにゴブリン軍団が森から出てきたらとんでもない被害になる。

「どうなさいますか？」

「冒険者ギルドに援軍を頼もう。ハイネ辺境伯騎士団と冒険者ギルドとの共同でこのことに対処する。殲滅《せんめつ》が無理でも数を減らすことができれば、少なくとも時間を稼ぐことができる。そうすれば、その間に兵を召集することができる。それさえできれば負けん」

「そうなると、冒険者側にも犠牲者が出る可能性がありますが……」

「そうなんだよなぁ。どうしたものか」

うーんとその場にいた全員が考え込んだ。

俺が殲滅魔法を撃ち込めばそれで終わりなんだけどね。どうしたものか。

それから数日後、魔物が住む森からそれほど離れていない村に騎士団と冒険者が集まっていた。

その村は、冒険者ギルドの調査によって発見されたゴブリンの集落からもっとも近い場所にある。

すでに村の周囲には木材を使った簡易的な柵が作られており、万が一に備えていた。

「改めて作戦を説明する。Cランク以上の冒険者と騎士団は先陣を切ってゴブリンの集落へ突入。その際、突入すると同時にハイネ辺境伯騎士団が秘蔵している〝しびれ玉〟の魔法薬をゴブリンたちが密集している位置に投げ入れる」

ライオネルが台の上に立ち、騎士団と冒険者たちに説明をしていた。ライオネルは俺に説明をさせるつもりだったようだが、〝さすがに子供の話をまともに聞くやつはいない〟と説得した。

俺は騎士団から信頼されているのかもしれないが、それは身内だけの話である。

「効果は昨日、確認した通りだ。すぐに〝しびれ玉〟が破裂して、その周囲のゴブリンたちを行動不能にするだろう」

念のため、しびれ玉のデモンストレーションを昨日行った。その効果は抜群で、Aランク冒険者ですら、動きを鈍らせることができた。その結果を目の当たりにして、しびれ玉の効果を疑う者はいなかった。

「ゴブリンたちが行動不能になったのを確認できたら、我々精鋭部隊とキミたちがゴブリンの上位種をたたく」

Bランク以上の冒険者と思われる、他の冒険者よりも立派な装備に身を包んだ人たちがうなずいた。

「残りの冒険者たちは行動不能になったゴブリンを一匹残らず掃討してくれ」

その場にいた全員がうなずいた。

最終確認のため、ライオネルたちが地図を開いたテーブルに集まり、しびれ玉を投げ入れる位置の確認を行っていた。

作戦はいたってシンプルだ。ゴブリンをまひさせて、その間に殲滅する。

こちらの被害を最小限にしてゴブリン軍団を全滅させることを考えていたとき、ひらめいたものがあった。そういえば、この間、魔物の森に行ったときに、しびれキノコと粉じんキノコを収穫していたなと。

この二種類のキノコがあれば、衝撃を与えると破裂し、動きを鈍くさせる状態異常をまき散らすアイテムが作れたはずだ。

すぐにそのことをライオネルに話して、騎士団総出でキノコ採取に行ってもらった。

そのかいあって、かなりの素材を集めることができた。問題はどうやって大量に作るかだが……。

これは今のハイネ辺境伯家の状況が味方してくれた。

おばあ様は王都にいる。それならば、おばあ様が魔法薬を作るための部屋と器具を使うことができるのではないか？

ライオネルは初めこそ驚いたが、すぐに俺の意見に従ってくれた。部屋にはすぐにキノコが集められ、俺は一日中、しびれ玉を作り続けた。

作り方はそれほど難しくはない。まずはしびれキノコと粉じんキノコを乾燥させ、粉にしたものを三対七の割合で混ぜる。それに蒸留水と卵を加えて粘り気が出るまで混ぜ込んでから、丸い球体状に加工する。最後に『乾燥』スキルでカラカラに乾燥させたら完成だ。

七歳児なだけあって途中、魔力不足に陥った。しかしそこは、ようやく収穫できた魔力草を素材にして作った、〝初級魔力回復薬〟によってなんとか乗り切った。

そうして完成したしびれ玉を基点に、今回の作戦を立てたのだ。

失敗したときに備えて、村は木の柵で囲まれている。籠城しながら住民を避難させるためだ。

もちろん先に逃がすことも考えたのだが、村人たちが〝我々も共に戦います〟と言って聞かなかったのだ。ハイネ辺境伯領の領民、忠誠心高すぎ！

まあそうなったら、俺が魔法ですべてを片づけるつもりだけどね。〝ハイネ辺境伯の神童〟と呼ばれるようになってお家騒動を引き起こす未来しか見えないけど、領民に犠牲者を出すわけにはいかない。

「ユリウス様、大丈夫ですかね？」

出発した〝ゴブリン殲滅隊〟を見送っていると、隣にいたクリストファーが声を震わせて聞いてきた。声だけじゃない。体も震えている。武者震いではなさそうだ。まだまだ子供だもんね。仕方ない。

「まあなんとかなるさ」

「さすがはユリウス様ですね」

ジャイルが声を弾ませている。こちらは余裕があるみたいだ。まあ討伐に失敗しても、相手にはかなりのダメージを与えているだろうし、なんとかなるとは思う。

魔物の森からはギャアギャアと声をあげながら飛び立つ鳥たちの姿があった。

それから二時間ほどたっただろうか？　騎士団員の斥候が戻ってきた。その顔は明るい。

「ユリウス様、報告します！　作戦は成功！　今は負傷者の救護と魔石の回収を行っています。ゴブリンの集落にはゴブリンロードがいましたが、騎士団と冒険者が協力して討ち取りました！　負傷者は出ましたが、死者は一人もいません」

ワアア！　と村人たちからも歓声があがった。村長も、村に残って警戒していた騎士たちも、一緒に声をあげハイタッチを交わしていた。

「よくやってくれた。魔法薬の提供を惜しむなと伝えておいてくれ」

「御意に！」

それだけを言い、頭を下げるとすぐに森の中へと戻っていった。死人が出なかったのは実に運がよかった。何人か犠牲者が出ると思っていたので、昨日から胃がキリキリと痛かったのだ。

やれやれ、これでようやく安心できそうだ。足の力が抜け、ドッとイスに座り込んだ。

「ユリウス様！」

「大丈夫だ、ジャイル。張っていた気が緩んだだけだよ」

「すぐに飲み物を持ってきます！」

クリストファーが慌てて飛び出した。そんなにあせらなくてもいいのに。しかし、二人はよく俺のことを見てるな。さすがは俺の手下と言ったところかな？

「ユリウス様、なんとお礼を申し上げたらいいのか……」

「村長、昨日も言ったが、この村には何の非もないんだ。事が起こる前に片づけた。何もなかった。そうだろう？」

「確かに事実だけ見ればそうですが、ユリウス様が気がつかなければこの村はどうなっていたか……」

「いやだから、気がついたのは俺じゃなくてライオネルだって」

「そう言われましても、皆さんがユリウス様のおかげだと言っていますよ」

どうしてこうなった。だれだ、そんな情報を流したやつ。ライオネルか？　ライオネルなんだろう？　自分の手柄にしておけばいいものを、変なところで律儀だよな。たぶん親戚からは頑固おやじとして一目を置かれていることだろう。困ったやつだ。

クリストファーから水をもらい、一息ついたところで外に出ると、村はすでにお祭り騒ぎになっていた。

その気持ち、分かるよ。いきなり村の周りに木の柵が作られて、村人は全員家で待機。続々と集まってくる冒険者と騎士団。そして告げられるゴブリン軍団の脅威。

それらすべてが解決したのだ。村の脅威は去った。そりゃお祭り騒ぎにもなるか。でもまだみんな戻ってきてないんだよね。

やれやれと思って見ていると、村人たちは早くも宴《うたげ》の準備をしていた。いいのかな、これで……。

「ユリウス様、騎士団が戻ってきましたよ！」

やぐらの上から魔物の森を見張っていたジャイルが声を張り上げた。見ると遠くに小さな一団が見える。その一団はハイネ辺境伯家の旗を掲げていた。どうやら間違いなさそうだ。

「ユリウス様、ただいま戻りました」

「ライオネル、ご苦労だったな。詳しい報告はあとで聞く。今は他のみんなと共に休め。アベル殿、世話になりました」

「騎士団秘蔵の〝しびれ玉〟のおかげで、ずいぶんと楽に倒すことができましたよ。さすがにゴブリンロードには効きませんでしたが、取り巻きのゴブリンジェネラルや、ゴブリンマジシャンたちの動きをかなり鈍らせることができましたからね」

アベルさんはハイネ辺境伯領内で活躍するAランク冒険者だ。今回の作戦で、冒険者たちを率いてもらった。まだ二十歳《はたち》を過ぎたばかりなのだが、冷静沈着でとても頼りになる。

「ゴブリンロードには効きませんでしたか。状態異常の耐性が高い魔物は本当に厄介ですね」

「あれだけ効果があれば十分ですよ。魔物の狩りを安定させるためにも、ぜひ売ってほしいものですけどね」

「あれはおばあ様が極秘で開発したものですからね。売るのは難しいかもしれません」

もちろんウソである。〝しびれ玉〟を作ったのは俺。作り方もそれほど難しくはない。だが、効果が高すぎる。まともな解毒剤が存在しない状態で売りに出せば、犯罪や戦争に使われること間違いなしだ。そんな危険は犯せない。

「それにしても、騎士団が持っていたあの初級回復薬はなんですか？　回復効果が高い上に、まるで水のように飲んでいたんですよね。ケガした仲間に聞いたら〝水と同じだ。これまでのまずい初級回復薬はなんだったんだ？〟と言ってましたけど……」

「あ、あれもおばあ様が開発中の魔法薬なんですよ。うまくいけば、安定供給できるかも？」

「いや、あれはもう完成品ですよ。今すぐにでも売りに出すべきです。俺なら今売られている初級回復薬の三倍、いや五倍の値段でも買いますね」

「五倍！」

どうやら相当価値があるものに仕上がっているらしい。

冒険者のためにも、領民のためにもレシピを公開して広めたい思いはあるのだが、年齢的にまだ魔法薬師になるのは無理なんだよな。少なくとも、学園を卒業する必要がある。

しかし五倍か。お金、稼げそうだな。騎士団に提供している初級回復薬の一部を冒険者に……いかんいかん。騎士団の戦力強化が最優先事項だ。我がハイネ辺境伯家を守っているのは騎士団なのだから。

俺とアベルさんが話している間にもライオネルは今回の作戦に対するお礼を冒険者たちに伝えていた。冒険者たちからは拍手も聞こえてくる。

「ユリウス様、何か言うことはありますかな？」

ライオネルが話を振ってきた。冒険者たちが俺に注目する。特に言うことはないんだけど、報酬はハッキリとさせておいた方がいいかな。

「今回の討伐作戦で得た魔石はすべて冒険者たちに提供する。魔石の販売価格から、任務の危険度と貢献度に応じて、冒険者ギルドからしっかりと報酬を受け取るように。それとは別に、ハイネ辺境伯家からの依頼報酬もある。忘れずに受け取ってくれ」

ワアア！　と先ほどよりも大きな声と拍手があがった。恐らく魔石は没収されると思っていたのだろう。だがそんなことはしない。それよりも冒険者ギルドや冒険者たちと良好なつながりを持った方が断然価値がある。また同じようなことが起きたときに、彼らに力を貸してもらえないのは困るのだ。

騎士団の団員たちには不満がたまるかもしれない。しかし騎士団に所属していれば、毎月決まった額のお金をもらうことができるのだ。決して高額ではないが、堅実に懐は暖まっていくことだろう。

それに加えてゲロマズ魔法薬から解放される。これはお金よりも価値があるはずだ。

「最後にもう一つ。これをアベル殿に渡しておく。領都の冒険者ギルドに戻ったら、みんなの飲み代の足しにしてほしい」

そう言ってあらかじめ用意しておいた、お金の入った袋をアベルさんに渡す。思わず受け取ったアベルさんは慌て出した。

「そんな！　ユリウス様、報酬にしては多すぎますよ！」

「いいんだ。それは報酬じゃない。俺からの感謝の気持ちだ。俺の懐から出たお金なので、気にせずに使ってほしい」

「そんなの余計に困りますよ！」

「ほらアベル殿、みんな飲み代に期待してますよ？」

こちらに注目している冒険者たちを見た。大多数の冒険者が期待に満ちあふれた目をしている。

アベルさんがぐぬぬとなった。

「分かりました。ありがたくちょうだいいたします」

アベルさんが折れたことで、再び歓声があがった。

「よかったのですか、ユリウス様？　お館様から預かっている軍資金から出してもよかったのですよ？」

「いいんだよ、ライオネル。それよりも、この食事を提供してくれた村の人たちにも、お金を支払っておくように」

「……素直に受け取るとは思いませんが？」

「そこはうまくやってくれ。そのお金を領内で使ってくれれば、巡り巡ってハイネ辺境伯領の税収になるからな」

「分かりました。なんとかやってみましょう」

ライオネルには苦労をかけてしまったな。それに騎士団の団員にも魔物の森での採取から、村を囲む柵の設置、ゴブリン討伐作戦など、ずいぶんと力を借りている。

屋敷に戻ったらお父様の秘蔵のお酒でも振る舞って、宴会でもしよう。

お父様から怒られるかもしれないが、なんてったって今の俺は全権を握っているからな。

ハイネ辺境伯家にある物は俺の物。俺の物はみんなの物である。全権を俺に押しつけるとどうなるか、思い知るといい。

妹のロザリアが心配しているだろうし、可及的速やかに帰らないとな。

屋敷に戻った俺はすぐに騎士たちに数日の間休むように命令した。さすがに全員を同時に休ませるわけにはいかないので、交代で休むことになる。それでもいつもより長く休むことができるはずだ。

「ユリウス様は休まないのですか？」

「ああ。貴族に休みはないからな。毎日休んでいるようなものさ」

「少しは休んでも罰は当たらないんじゃないですかね？」

クリストファーの質問に答えると、ジャイルがあきれたように口を開いた。

「もちろん、お前たちは休んでいいぞ。しばらくは街の視察も休みだ。特にすることもないからな」

俺の言葉に微妙な顔をする二人。今回の作戦で活躍したわけでもないし、複雑な心境なのだろう。共にまだ子供なのだから喜んで遊びに行けばいいのに。妙なところで遠慮する。

「ユリウス様、お呼びですか？」

「おお、ライオネル。いつもすまないな」

「何をおっしゃいますか。我々騎士団はユリウス様の駒ですぞ。気になさらずに使って下さい」

「そうか。それじゃ祝賀会を開こうと思っているので、騎士団のみんなに通達しておいてくれ。場所はダンスホールだからな。それと、ドレスコードはなしだ。普段着で来るように」

「よろしいのですか？」

「もちろん。すでに料理人には伝えてある」

「承知いたしました」

ライオネルが頭を下げて出ていった。フッフッフ、会場に入ったらビックリするだろうな。何せそこにはお父様の秘蔵のお酒が並んでいるのだから。

せっかくだから、屋敷中の使用人と、料理人も参加させるか。ハイネ辺境伯領が守られたのは生活を支えてくれる彼らのおかげでもあるからな。みんなに感謝しないと。無礼講、無礼講。

こうして戦勝祝賀会が始まった。俺が言った通りに、みんなくつろいだ格好で集まってくれた。

この方がお互いに気を使わなくてすむからね。

食事もお酒もどんどん進む。俺も妹に食べさせながら、マナーそっちのけで食べた。

「お兄様、みんなで食べるのはとっても楽しいですね！」

「そうだろう、そうだろう。食事はみんなで食べた方が楽しいんだよ。ほらジャイルとクリストファーも食べているか？」

「もちろんですよ」

「なんだか夢みたいです！」

二人とも喜んでいるみたいだな。こうして勝利の美酒を味わうことも、大きな経験になるはずだ。

そんな風に子供は子供で楽しんでいると、若干顔色を悪くしたライオネルがやってきた。

「ユリウス様、このお酒は一体どこから出てきたのですか？」

「ん？　これか？　これはな、お父様の酒蔵からだよ」

「やっぱり」

ライオネルが天を仰いだ。その顔には〝どうりでうまいわけだ〟と書いてあった。でももう、開けちゃったんだよね。一度栓を開けてしまえばどんどん質が悪くなるので飲むしかないのだ。

「料理長は止めなかったのですか？」

「止められたけど、許可をもらったと言ったら従ってくれたよ」

「許可、ですと？」

「うん。俺は今、全権を握っているからね」

あああ、とライオネルは額に手を当てると首を左右に振った。さすがのお父様もまさかそんなことをするとは思ってもみなかっただろう。それならば〝ただし、秘蔵のお酒はのぞく〟と書いておくべきだったのだ。

「そうだ、ライオネル。明日で構わないので、今回の報告をお父様にしておいてくれ」

「ユリウス様が報告なさった方がよろしいのでは？」

「俺が書いた、ミミズがのたうちまわったような字の報告書を見ても、だれも喜ばないよ」

「……承知いたしました」

ライオネルがため息をついた。またしてもライオネルに迷惑をかけてしまった。これは別で何かプレゼントした方がいいかな？　お父様が秘蔵中の秘蔵にしているお酒にするか？　でもさすがに受け取ってくれないかな。どうしたものか。祝賀会は夜遅くまで続いた。


翌日、朝の日課となっている薬草園に行くと、すでに騎士が鋭い目つきで辺りを見張っていた。

「おはよう。いつもすまないな」

「おはようございます、ユリウス様！　この薬草園は我々の生命線。死守して当然です！」

なんか、ものすごく大事な場所になっているな。まるで聖地扱いだ。ちょっと顔が引きつりそうになったぞ。

「そうだ、何か足りていない魔法薬はないか？」

「そうですね……遠征中の虫刺されに困ることがありますね。かゆくても鎧《よろい》を脱ぐわけにはいかないので、集中力が散漫になるんですよ」

「なるほど。それじゃかゆみ止めが必要だね。それに虫よけスプレーもあった方がいいか」

「虫よけスプレー？」

「あ、いや、こっちの話だ。貴重な意見をありがとう。参考になったよ」

「いえ、とんでもありません！」

ビシッと敬礼する騎士。虫よけスプレーはないけど、〝虫よけのお香〟はあるな。それに〝かゆみ止め軟膏《なんこう》〟もある。

ゲーム内ではただの納品クエスト用のアイテムだったけど、よく考えると、現実だと有用なアイテムだな。

これは見落としているアイテムがもっとあるかもしれないぞ。今まで俺の頭に浮かんでいた魔法薬は戦闘中に役立つアイテムばかりだった。もっと庶民目線からの魔法薬の普及も視野に入れた方がいいかもしれないな。

虫よけや、かゆみ止めを作るのに必要な素材であるハーブ類は、この薬草園ですでに育てている。本当はハーブティーにしようかと思っていたのだが、別の使い道ができたな。

そろそろ薬草園が手狭になってきた。しばらく屋敷から出られないし、薬草園の拡張作業にいそしむことにしよう。

必要な素材があれば冒険者ギルドに頼もうかな。今回、色々と縁が深くなったことだし、少しは気兼ねなく頼めるようになったと思っている。色々と実りがある討伐作戦になったな。

少しだけ薬草園を広くしてから、『株分け』スキルを使って薬草と毒消草を増やしておいた。そのついでに、新しい魔法薬を作るのに必要な素材を回収しておく。残りの足りない材料は料理長から分けてもらおう。調理場には魔法薬の素材がゴロゴロと転がっているのだ。

「料理長、唐辛子を分けてもらえないかな？　あと、蜜蠟《みつろう》も欲しいな」

「これはこれはユリウス様。何に使うおつもりですかな？」

「秘密！」

子供らしく、あざとかわいい笑顔を料理長に向ける俺。ファファファ……強面《こわもて》の料理長が見かけによらず子供好きなのはすでに把握ずみなのだよ！　たじろいだ料理長に、とどめのおねだり光線を目から発射する。効果は抜群だ。料理長は何も聞くことなく例のブツを渡してくれた。いつもすまないね。

でも、これから作るものは料理人たちの役にも立つはずなんだよね。あとでちゃんと分けてあげよう。

素材を無事にゲットした俺は自分の部屋へと戻った。実のところ、家族が王都から帰ってくるまでの間、おばあ様の調合室を借りて魔法薬を作るという案もあった。しかし、これ以上、調合室の道具を動かすとおばあ様に気づかれるかもしれないと判断した。

これまで使った道具は寸分違《たが》わず同じ場所に戻しているつもりだ。だが、少しずつずれてきている可能性は大いにある。今、俺が魔法薬を作っていることを知られるわけにはいかない。そうなったらお尻ペンペンではすまされないだろう。

そのため、ゴブリン討伐作戦が終わってから、調合室には一切立ち入らないことにしたのだ。

必要な素材を机の上に置くと、部屋にだれも入ってこないようにしっかりと鍵をかけた。これでよし。『ラボラトリー』スキルを使っているところをだれかに見られるわけにはいけない。だって、それがなんなのか説明できないからね。

まずは〝虫よけのお香〟から作ろう。素材はグリーンハーブに蜜蠟と唐辛子。蚊取り線香のような物である。ただし、とぐろは巻いていない。鉛筆くらいの太さの円柱である。

グリーンハーブと唐辛子を乾燥させて粉にする。そこに蜜蠟と魔力水を加えて、粘土のような状態にする。それを円柱形に加工して乾燥させれば完成だ。使い方はお香と同じである。一度で二十本くらいできたので、効果を試してもらうには問題ないだろう。

続いて〝かゆみ止め軟膏〟の作製に取りかかる。こちらの材料は薬草と毒消草にイエローハーブである。圧力を加えながら沸騰しないように加熱した蒸留水に、薬草と毒消草を入れる。加熱をやめてゆっくりと冷まし、成分を十分に蒸留水に溶け込ませたところに、乾燥させて粉にしたイエローハーブを入れる。あとは粘り気が出るまで、混ぜながらゆっくりと加熱すれば完成だ。コツは加熱しすぎないこと。それをやると効果がガクンと下がるのだ。完成品を小さな容器に入れると、二十個ほどになった。

「なんとか無事に完成したけど、やっぱり結構魔力を使うな。子供だから仕方がないのかもしれないけど、これじゃ大量生産はできない。やっぱり自分の調合室が欲しいな」

俺にもう一部屋あればそこを調合室にしたんだけどね。どこかに秘密の部屋を作れないものか。そうだ！

名案が浮かんだ俺はさっそく騎士団の宿舎へと向かった。もちろん先ほど完成させた魔法薬は持ってきている。

宿舎に着くと、さっそく目当ての人物を見つけた。

「お、ライオネル、ちょっと相談なのだが、宿舎の片隅に俺の調合室を作れないかな？」

「ユリウス様、その話は我々の間で議論したことがあります。結論としては無理だろうということになりました」

「なんで？」

「騎士団に魔法薬師がいないからです。魔法薬師がいなければ、必要な道具をそろえることができません。そうなると、部屋を確保してもあまり意味がありません」

「そう言われればそうか。資格を持っていないと、道具も買えないか」

「はい」

残念。どうやら学園を卒業するまでは自分の調合室は持てないようである。仕方がないので、これまで通り『ラボラトリー』スキルでなんとかするしかなさそうだ。

「そうだった。新しい魔法薬を持ってきたんだ」

ライオネルに〝虫よけのお香〟と〝かゆみ止め軟膏〟を手渡した。効用と使い方を教えると喜んでくれた。

「これは大変助かります。みんな困っていましたからね。さっそく次の遠征のときに使わせてもらいます。……ユリウス様、これも内緒なのですか？」

「そうだね。それとも、おばあ様が同じ物を作ってたことがある？」

「……ないですな」

「じゃ、そういうことで」

「御意に」

ライオネルが眉をこれでもかというほどハの字に曲げて、すごく悲しそうな顔をしている。もしかすると、俺の功績が表に出ないことを不満に思っているのかもしれない。そんなこと全然気にしないのに。

無事に学園を卒業して、高位の魔法薬師になったら遠慮しないからさ。

渡した魔法薬はすぐに使ってくれたようであり、〝最高だったので追加が欲しい〟と早くも要望があった。いくつか料理長にも渡したけど、こちらも評判がよかった。特に〝虫よけのお香〟が評判みたいで、今では調理場の救世主と呼ばれているそうだ。……それって俺のことじゃないよね？　魔法薬のことだよね？

　ここのところ、毎日限界まで魔力を絞り出していたためか、魔力量が増えたような気がする。以前よりも明らかに『ラボラトリー』スキルを維持できる時間が延びたので、少しは作れる数が増えた。とはいっても、一個が二、三個になっただけなんだけどね。

第五話
まさかこんなことになるなんて

そんな感じで魔法薬を作り続けていると、王都から家族が帰ってくるという知らせがあった。

もちろんその前には、ゴブリン討伐に対するお父様からの手紙が来ていた。そこにはただ一言、〝よくやった〟とだけ書かれていた。……なんか怖いんですけど。

ドキドキしながら玄関で待っていると、王都に出発したときと変わらない家族の姿があった。

「ユリウス、ロザリア、変わりはなさそうだな」

「お帰りなさいませ」

「お帰りなさいませ！」

家族みんなにあいさつすると、お母様大好きなロザリアがお母様の下へと飛んでいった。やれやれ、これでようやく俺の役目も終わった。毎晩、ロザリアと一緒に寝る日々が終わったのだ。今日からはゆっくりと眠ることができそうだ。

「そうだ、いい子にしていた二人にはお土産《みやげ》があるぞ」

「ありがとうございます」

「ありがとうございます！」

よく見ると、使用人たちがたくさんの箱を屋敷の中へと運んでいた。アレックスお兄様とカインお兄様も何やら王都でたくさん買い物をしてきたようである。二人が荷物を自分たちの部屋へ運ぶように指示していた。

「おばあ様、王都の魔法薬はどうでしたか？」

「気になるのかい？　それじゃ、ユリウスのために王都の魔法薬師たちから聞いた話をしてあげようかねぇ」

にこやかにおばあ様がそう言った。おばあ様は王都に温室があることや、そこで品質の高い素材を育てようとしていることを教えてくれた。他にも、スペンサー王国内でよく使われている魔法薬の種類なんかもである。

おばあ様の話は領地に引きこもっている俺にとって貴重な情報源だ。それを惜しげもなく披露してくれるおばあ様は、すでに俺の師匠的な存在になっていた。おばあ様もきっと、俺のことを一番弟子だと思ってくれているんじゃないかな？　口には出さないけど。おばあ様も素直じゃないなぁ。

お父様とお母様、アレックスお兄様、カインお兄様が集まってきた。これからしばらくの間は王都の話で持ちきりになりそうだな。ようやくみんなが帰ってきたことを実感することができたぞ。

そう思っていたときが、正直、俺にもありました。俺は今、お父様の執務室に呼ばれている。隣にはライオネルが控えていた。

これはあれか、お父様の秘蔵のお酒をみんなに振る舞ったことに対するお叱りか。

「ユリウス、そこに座るように。それからライオネル以外は出ていけ」

おっと、お人払いだ。これは本格的にお父様を怒らせたかもしれないぞ。今までお父様に怒られたことはないけど、どんな感じになるのかな？　ちょっとワクワクしてきたぞ。

「ユリウス、話はある程度、ライオネルから聞いた。だが詳しい話はお前からするように。ライオネルからはお前が魔法薬を作っているという話を聞いている」

ゲー！　裏切ったな、ライオネル！　ライオネルは申し訳なさそうに目を伏せた。

「ユリウス、ライオネルを責めるな。ハイネ辺境伯として私はすべてを知っておく必要がある。そうでなければ、何かあったときにお前をかばうことができないだろう？」

「……怒らないのですか？」

「そうだな、怒りたい気持ちはある。だが、ユリウスが魔法薬を提供しなかったら、被害が大きくなっていたことは確かだ。それは認めなくてはならない」

「お父様の秘蔵のお酒を飲んだことは？」

「……私がユリウスに全権を与えたのだ。もちろん、不問だ」

苦虫をかみつぶしたような顔をしてお父様がそう言った。どうやら相当堪《こた》えているようである。

バレてしまったものは仕方がないか。お父様が後ろ盾になってくれるのなら、遠慮なく頼った方がいいだろう。

俺を信頼して全権を委ねてくれたくらいだ。その信頼に報いるべきだろう。

これまでのことをお父様とライオネルに話した。

「正直に言って、信じられん。だが実際に現物があるのだ。信じるしかないだろう」

「ユリウス様、誓ってこのことをだれにも口外することはありません」

でもなぁライオネル、すでに口外してるんだよなぁキミ。ライオネルも俺とハイネ辺境伯家のことを思って行動したんだろうけどね。そこは認める。でも一言、相談があってもいいんじゃないかなぁ。こちらにも心の準備ってやつがあるんだよ。

お父様は深いため息をついた。

「ユリウス、私の母上がこのことを受け入れると思うか？」

「おばあ様がですか？　……難しいと思います。以前、新しい魔法薬を作りたいと言ったときに、〝家を潰したくないなら作ってはダメだ〟と言われました」

「なるほど。あのときはかなりの貴族が粛清されたそうだからな……」

何があったのかは分からないが、おばあ様が若いころに何か魔法薬に関する重大な出来事があったようだ。おばあ様は話してくれそうもないし、魔法薬には想像以上に何か暗い過去があるのかもしれない。これは自分で調べるしかなさそうだ。

「ユリウス、これからもお前の作った魔法薬を騎士団に提供するように。売値はお前の希望の金額で構わない」

「それでは無料にします。何せ私は人体実験をしている身ですからね」

「なるほど、うまい言い訳だ。……まったく、欲がないやつだ。思った以上に厄介だな」

「それはもちろんですよ。だってお父様の子供ですからね」

お父様は再び深いため息をつき、ライオネルが苦笑した。


秘密の話し合いは終わった。終わってみれば、悪い結果ではなかったと思う。

お父様という心強い後ろ盾を得ることができたし、ライオネルにも相談しやすくなった。ライオネルに相談しやすくなったということは、魔法薬の素材を入手しやすくなったということである。

「ライオネル、〝しびれ玉〟の材料の確保を頼む」

お父様たちと一緒にサロンへ向かう途中でライオネルに声をかけた。お父様が戻ればもう大々的に使うことはないだろうと思って、あれから作っていなかったのだ。

それがお父様に容認されたことで使用可能となった。それならば数が必要になってくる。

「あれは育てることができないのですか？」

「できるけど、原木が必要になる。そして、原木がない」

「フム、〝しびれ玉〟という道具がずいぶんと有効だったそうだな。ユリウス、遠慮はいらんぞ。庭で育てるといい」

ゴブリンを無効化し、上位種のゴブリンジェネラルを弱体化させた魔法薬を、お父様はずいぶんと評価してくれているようだった。

それならばと、俺はライオネルに原木の確保もお願いした。素材を安定的に得られるようになれば、魔法薬の生産もはかどるというものだ。

「お兄様！」

「ちょっとユリウス、お話があるのだけどいいかしら？」

サロンに到着するとお母様と妹のロザリアが待ち構えていた。ロザリアの手元には俺が作った〝お星様の魔道具〟が置かれている。

もしかして俺、またなんかやっちゃいましたかね？

「な、なんでしょうか？」

俺とお父様はそろってあいている席に座った。ライオネルは後ろに控えている。チラリとお父様を見ると、〝お前、まだ他にもやらかしているのか〟という顔をしていた。これはもうどうしようもないな。

「この魔道具、あなたが作ったそうね？」

「そうですけど……」

「なんでも、星空が見える魔道具だそうね」

「はい」

「ほう」

感心したかのように、お父様が声をあげた。これでお父様には俺は魔法薬だけでなく、魔道具も作ることができると認識されてしまったようである。

「ロザリアが自慢していたわ。この魔道具を使って、ユリウスが寝るまでにたくさんお話をしてくれたって」

確かに話した。その場のノリで適当な星を指し示し、絵本の話を題材にしてそれっぽい話をでっち上げると、ロザリアはとても喜んでくれた。

「ソウデスカ」

「そうなのよ。それでね、今晩、私たちにも披露してもらえないかしら？」

これはあれか、全員の前でやれってことなのか。なんだかだんだんと大がかりなことになってきたぞ。ロザリアへのちょっとしたプレゼントのつもりだったのに。

「分かりました」

「楽しみにしておくわ。ところでユリウス、だれに魔道具の作り方を教えてもらったのかしら？」

「あー、えーっと、ランプの魔道具を分解したときにひらめいたのですよ。この光の出る魔法陣を使えば、暗くなった天井や壁に星空を作り出せるんじゃないかなーって」

「本当？　あなたウソをつくときに、手を組む癖があるわよね？」

「え？」

思わず自分の両手を見た。確かにテーブルの上で手を組んでいる。まさかそんな癖が自分にあるなんて知らなかった。さすがはお母様。よく俺のことを見ているな。お父様とロザリアがこちらをジッと見ている。非常に気まずい。

「えっと、これはその……」

お母様がニッコリと笑う。

「もちろんウソよ」

「……」

「それで、本当のところはどうなのかしら？」

くそっ！　はめられた！　普段はおっとりとしているのに、どうしてこんなときだけ鋭いんだ。だてにハイネ辺境伯夫人をやっていないというわけか。

「アメリア、そのことについてはあとでゆっくりと話そう」

「お父様」

「ユリウスもその方がいいだろう。信頼できる協力者は多いに越したことはないからな」

俺は黙ってうなずいた。お母様も察したのか、それ以上は何も言わなかった。

だが、不穏な空気を感じたのか、ロザリアがオロオロとし始めた。お母様に自慢した魔道具が俺にとってよくない方向に進んでいることに気がついたのだろう。賢い子である。

ロザリアは〝お星様の魔道具〟を隠すかのように抱え込んだ。早くも涙目になっている。

「ああ、ロザリア！　違うのよ。別にユリウスをいじめているわけじゃないのよ」

慌ててお母様がフォローに入る。ロザリアはハイネ辺境伯家の子供の中でただ一人の女の子である。たぶん一番かわいいのだろう。ぐずぐずしだしたロザリアをなだめ始めた。

「ユリウス、他に作った魔道具はないのか？」

「素材保存用の魔道具を作りました」

「そうか。それもあとで見せてくれ」

「分かりました」

魔法薬だけでなく、魔道具を作っていることもバレてしまった。ここまで来たら、もうなるようにしかならないな。

「ユリウス、ここにいたのか」

「アレックスお兄様、カインお兄様！　王都はどうでしたか？」

「ああ、とてもにぎわっていたよ。王都に比べると、うちの領都もまだまだだね」

サロンにやってきた二人はあいている席に座った。お父様がいるのに何という大胆発言。事実かもしれないが、ちょっと恐ろしい発言だな。ほら見ろ、お父様が苦笑しているぞ。

「アレックス、王都より優れた領都など、この国には存在しないぞ」

「そうかもしれませんが、だからといってあきらめるのはどうかと思いますよ。領都ならではの特色を活《い》かせば、超えられなくとも並ぶことならできるはずです」

「ほう？　具体的にはどうするのだ？」

「それは……」

アレックスお兄様が口ごもった。まあ、非を打つだけならいくらでも語ることができるからな。そして具体的な提案がなければ何も変わらない。お父様はそのことを指摘したかったのだろう。

「カインはどうだ？　この領都をにぎわせるために、何かいい考えはないか？」

アレックスお兄様は現在十二歳。来年から王都の学園に通うことになっている。一方のカインお兄様は十歳だ。そろそろ遊んでばかりではなく、勉強にも力を入れる頃合いなのだろう。

「そ、そうですね、特には……」

カインお兄様の顔には〝アレックスお兄様のせいで、とばっちりを受けた〟と書いてあった。ちょっとかわいそう。負けるな、カインお兄様。アレックスお兄様を補佐するのがカインお兄様の仕事だぞ。

「それではユリウス、お前はどうだ？」

え？　俺？　なんで王都に行ってない俺に話を振るかなぁ。

お父様の視線だけでなく、お母様の視線もこちらを向いている。先ほどの魔道具の件で、どうやらお母様からもロックオンされたようである。聞いてないよ。

「そうですね、ハイネ辺境伯領の防衛力を強化するためには強い騎士団が必要だと思います。ですから、武術大会などはどうですか？」

「武術大会か。それなら王都で規模の大きな大会が行われているからな。わざわざここまで人が来ないかもしれないな」

お父様があごに手を当てて考えている。可能性を感じているのだろう。だが決定打に欠けるようだ。うーん、他に何かよさそうなイベントはないかな。ハイネ辺境伯領の特色を使って、よその領地からも人を呼び寄せられるようなもの。

ハイネ辺境伯領の特徴、それはやたらと土地があまっていること。そのため、広い土地が必要になる畜産業が盛んだ。牛追い祭りとかやっちゃう？　あと、乳搾り大会とか。

……いや待てよ、そういえば馬もたくさん育てているよな。

「それなら競馬とかはどうですか？」

「競馬？」

「この辺りでは馬の飼育が盛んですよね？　各地で飼育された自慢の馬を競走させるのですよ。そして見に来た人たちに、どの馬が一番になるのかを賭けてもらうんです」

「なるほど、馬を賭け事に使うのか」

「そうです。そしてみんなが賭けたお金を、競走で一番になった馬を当てた人たちで山分けするのですよ。そして私たちは入場料でお金を稼ぎます」

「なんと」

「あらまあ」

単勝のみだが、娯楽の少ないこの世界ではそれなりに楽しめるのではないだろうか？　ハイネ辺

境伯領はまだまだ土地があまっている。その一角を競馬場にすることくらい造作もないことだろう。

俺の考えにお父様とお母様が悩み始めた。

「なかなか面白そうですな。領民に娯楽を提供すると共に、領内の馬をアピールする。馬の質がよくなれば戦力アップにもつながるでしょう。他の領地からも馬の買いつけが来るかもしれません」

ライオネルがうれしそうな顔をしている。そういえばライオネルの趣味は乗馬だったな。いい馬が手に入るかもと思っているのだろう。

俺は単純に、競馬が有名になれば人が集まってくるのではないかと思っているだけである。馬の質の向上までは考えていなかった。

「そうだな。まずは試しに騎士団の娯楽の一つとしてやってみるとしよう」

「そうですわね。乗馬の訓練にもなりますし、やってみてムダにはなりませんわ」

こうして俺が提案した競馬が開催されることになった。まずはここでしっかりとしたルールを決めないといけないな。あ、屋台なんかを出してもらえば、もっとにぎわうかもしれない。

「それではルール作りと運営はユリウスに任せるとしよう。騎士団とも連携が取れているようだしな」

確かにそれは言えている。騎士団との仲のよさはたぶん俺が一番だろう。適任といえば適任なのかもしれない。

だが、二人の兄がいる手前、どうなのだろうか。ライバル心を持たれるかもしれない。それにかわいい七歳児にそんなことさせる？

「えっと……」

「もちろん後見人をつけるぞ。ライオネル、頼めるか？」

「もちろんです」

「では頼んだぞ、ユリウス」

「……分かりました」

ライオネルが後ろにいるならいいか。子供の俺ではなく、ハイネ辺境伯家が主導した催し物だと判断してくれるだろう。領民は。

騎士団のメンバーはごまかせないだろうなぁ。むしろ、全力で宣伝しそうだ。先手を打って口止めしておかないと。

二人の兄を見たが、事態が呑《の》み込めていないのか、ポカンとしていた。実際に動き出してみればすぐに分かるさ。

「アレックスお兄様、学園の見学にも行ったのですよね？　王都の学園はどうでしたか？」

かなり無理があったが、俺は露骨に話題を変えた。この話を続けるとボロが出るかもしれない。これ以上は触れない方が無難だろう。ロザリアも気になったのだろう。興味津々とばかりにアレックスお兄様を見ている。

「え？　ああ、すごく大きかったよ。領都の学園の三倍以上はあったかな？　学園の敷地内に教会もあったしね」

「教会がですか？　学園内が一つの町みたいですね」

「うん。ユリウスのその考えは間違ってないよ。学園内にお店もあったしね」

これはもう、一つの町みたいではなくて、一つの町だな。スケールが大きい。さすがは全土から優秀な生徒や、貴族の嫡男が集まってくるだけのことはあるな。

俺は三男なので領都の学園に通うけど、ちょっと面白そうだと思ってしまった。

「学園内の寮から通うことになるのですよね？　寮はどんな感じでした？」

「フフフ、ユリウスもやはり寮が気になるみたいだね。カインからも散々聞かれたよ」

「そりゃあ気になりますよ。私とユリウスは寮生活を体験できませんからね」

カインお兄様が心外だとばかりに口を挟んできた。今回カインお兄様が王都に行ったのは、王都がどのようなところなのかを見学するためであった。

ちなみに俺はまだ王都には行ったことがない。まだ早すぎるということなのだろう。

「寮の部屋はこの家の自室よりも狭かったかな？　でも、机やイス、ベッドなんかはすべて備え付けてあったよ。それはみんな共通みたいだね」

「身分の違いをなくすためですか？」

「そうだよ。だからお姫様も同じ条件みたいだね」

「お姫様！」

思わず声をあげてしまった。知ってはいたが、この世界には本当にお姫様がいるのか。せっかく異世界まではるばるやってきたのだから、一度くらいお目にかかりたいものだ。

あ、ちょっとロザリアが膨れている。それを見たアレックスお兄様は何やら楽しそうに笑っている。

「私もお姫様を見たかったけど、それは来年までのお預けだね」

「来年？　もしかして、アレックスお兄様と同じ学年なのですか？」

「うん、そうだよ。もしかすると、お姫様と友達になれるかもしれないね」

おお、それは夢が広がるな。王族と仲よくなれれば、うまい汁をチューチュー吸えるだろうからね。ぜひお兄様には頑張ってもらわなければ。

「ユリウスはお姫様に興味があるみたいだな」

お父様が片方の眉を器用にあげて、からかうような口調でそう言った。その隣でお母様が扇子で口元を隠している。アレックスお兄様とカインお兄様は笑っていた。ロザリアは……ちょっと目がつり上がっているな。大丈夫。ロザリアもハイネ辺境伯家のお姫様だからさ。

「もちろん興味がありますよ。うまくいけばお金をたくさん稼ぐことができますからね」

「なるほど、お金か。ユリウスは夢ではなく、現実を追うタイプみたいだな」

意表を突かれたお父様が苦笑している。

「それはもう。夢ではおなかは膨れませんからね」

俺の発言にみんなが笑った。ようやく家族が戻ってきた実感が湧いた。

話の流れから競馬を主催することになってしまった俺は、魔法薬を作りながら構想を練るという、忙しい日々を送ることになった。

あのあと、寝る前に行われた〝お星様の魔道具〟を使ったお披露目会は、しばらくの間、ちょっとした話題になっていた。

初めて見たお母様や女性の使用人たちがとても気に入ったのだ。そしてついには、俺にその魔道具の注文が入るようになった。

さすがに魔道具師になるつもりはなかったので、すぐに設計図を描いてハイネ辺境伯家行きつけの魔道具店に売りつけた。

今はその魔道具店の工房が量産して売りに出しているそうである。思ったよりも需要があるらしい。俺には売り上げの一部が入るようになっている。なんか知らんけど収入源をゲットだぜ。

「いや〜、使った以上のお金が入ってくるもんだね」

「本当にあのときの飲み代を回収しなくていいのですか？」

「構わないよ。俺は見ていただけだったしね。少しくらい貢献しないと」

俺は今、領都で買ったお菓子を片手に競馬場の視察に来ていた。場所は領都から出てすぐの場所。手つかずの荒野を切り開いて競馬場を作っていた。

初めは人を雇うつもりだったのだが、騎士団の熱い要望により手伝ってもらっているのだ。

すでに木は切り倒されており、十分な広さが確保されている。だがしかし、足下には大きな問題が転がっていた。

「切り株を掘り起こすのが大変そうだね。根っこもまだ残ってる。それに元々が荒れ地だったから、大きな岩がいくつも転がっているね。よく見ると、地面も平らじゃないみたいだし……これ、大丈夫？」

「……少々厳しいかもしれませんな。ですが我らは栄えあるハイネ辺境伯騎士団。必ずやり遂げてみせますよ」

胸を張るライオネル。いや、意気込みだけじゃ無理でしょ。もう、しょうがないなぁ。

このままだと、春の訪れと共に競馬をスタートさせるという計画がパーである。一応、お父様から任せられている身としては、なんとしてでも間に合わせたい。遅れた責任を騎士団に負わせるわけにはいかないのだ。

「魔導師たちは全員集合！」

俺の号令はすぐに伝わり、続々と魔導師たちが集まってきた。これだけの人数がいればなんとかなると思う。

「これからみんなに秘密の魔法を教える。使い方によっては危険な魔法なので、他の者には教えないように」

「分かりました、ユリウス様！」

みんなが声をそろえた。とてもよい返事である。

俺は魔導師たちに〝地面を平たくする魔法〟や〝邪魔な石や切り株を粉々にする魔法〟を教えた。

これで作業効率がアップするはずである。


それから数日後、再び競馬場予定地を訪れると、そこには青々とした平らな大地が広がっていた。

今は騎士たちがせっせと杭《くい》を地面に打ち付けている。

「ユリウス様、このペースですと、来週の中ごろには競馬場が完成しますな」

「思ったよりもずいぶん早いね。あと一ヶ月以上はかかると思ったけど、まさか二週間と少しで終わらせるとは思わなかった。さすがだな」

「いえいえ、これもユリウス様が便利な魔法を教えて下さったからですよ」

「みんなが素直で助かったよ」

どうも、騎士団の俺に対する忠誠心がものすごく高いんだよね。たぶん騎士団の魔法薬を俺が握っているからだろう。俺がそっぽを向くと、またあのゲロマズ魔法薬を飲むことになるからね。

競馬場で作業をしている騎士たちに持ってきたお菓子を差し入れすると、そのまま領都へと向かった。最近は競馬場の視察を終わらせてから街を散策するのがルーティンになっている。

時刻は午後の三時くらいだが、人通りも多く、活気に満ちあふれている。王都はもっとすごいということだったけど、俺にはこれくらいがちょうどいいな。多くも、少なくもない。

「ユリウス様じゃないですか！」

「これはこれは。アベル殿ではないですか」

俺がロザリアのお土産に果物を選んでいると、Aランク冒険者のアベルさんがやってきた。こんな時間に街にいるということは、今日は冒険者稼業はお休みなのかな？

お供のジャイルとクリストファーもあいさつをしている。二人の目が輝いているのは、Aランク冒険者に憧れがあるからだろう。

「聞きましたよ。何やら面白いことを始めたみたいですね」

「面白いこと？　競馬のことですか？　一体だれに聞いたんですか、そんなこと」

「先日、魔物の森で依頼をこなしていたときに、素材採取に来ていた騎士の方に聞いたんですよ。なんでも馬を競走させて賭け事をしようとしているとか？」

「確かに間違ってはいませんけどね。いつも世話になっている騎士団にちょっとした娯楽を提供しようと思っているのですよ」

なぜだろう。アベルさんの目が輝いているんだけど。興味があるのかな？　でもまだどうなるか分からないしなぁ。

「その競馬に一般の参加者が混じるのは無理なんですか？」

やっぱりそうきたか。どうする？　ここで一般参加者もありにすれば、当初より大規模なものになってしまう恐れがある。何のノウハウもなしにいきなりそれをやると、失敗する未来しか見えないな。

だが一方で、騎士団以外の人たちからの意見も欲しい。取れるデータは取っておいた方がいいよね。

「そうですね、冒険者に限れば可能かもしれません。それでもお父様に聞いてみなければ、どうなるか分かりませんけどね」

「本当ですか？　いやぁ、言ってみるもんですね。俺たちも娯楽に飢えているんですよ。カードを使った賭け事はありますが、そればかりでは飽きてしまいますからね」

「うーん、やはり領都では娯楽がまだまだ足りていないようですね。王都みたいに演劇や演奏会があればよかったのかもしれませんけど……」

「冒険者に演劇や演奏会はさすがに無理なんじゃないかな……」

アベルさんに微妙な顔をされてしまった。やはりまだ、その手の娯楽は貴族の遊びとして見られているようだ。

それならもっと世間一般で受け入れられる娯楽を作る必要があるな。よし、時間のあるときに何か娯楽になるようなものを考えてみよう。娯楽がなければ、自分で作ればいいじゃない。

初競馬の日がやってきた。お父様との事前の打ち合わせにより、冒険者に限り、参加可能としていた。

当初は騎士団だけが参加する予定だったのだが、ハイネ辺境伯家に仕える使用人たちも急きょ参加することになった。やはりみんな娯楽に飢えていたようである。

今回の入場料は無料だ。とにかく掛け金を預かり、それがちゃんと分配できるかが問題となってくる。ここをうまく乗り切らない限りは、競馬を運営していくことはできないだろう。

馬の情報については、事前に騎士団の乗馬好きメンバーがまとめていた。同じくらいの速さになるように、ハンディキャップとして、速い馬には鎧《よろい》を着た騎士が乗ることになっている。

馬の性能、騎手の性能、そして鎧の有無。これらの情報を元にみんなで予想するのだ。

「さて、どうなりますかな？」

「一位の騎手には報酬が出るんだ。みんな真剣にやるさ」

ライオネルはうれしそうである。いや、ライオネルだけじゃない。初めての試みにこの場にいる全員がお祭りムードになりつつあった。もちろん出店もお願いした。呼ばれた店は忙しそうである。

「それでは、記念すべき第一回ハイネ辺境伯競馬を開催いたします！」

魔法によって拡大された声が鳴り響く。アナウンスをしてくれたこの人は大の馬好きで、競馬の盛り上げ役を買って出てくれた。

パドックを馬たちが歩いていく。その様子を見ながら、どの馬が調子がいいのかを見極める。真剣な表情の人もいれば、勘で買うのか、すでに馬券を購入している人もいた。馬券は一枚につき、小銀貨一枚で販売されている。

しばらくして、配当金が告げられる。最初のレースは三枠の〝ホワイトホース〟が人気のようである。ちなみに馬に名前をつけようと言ったのは俺である。その方が面白そうだしね。

そうしてついに、ハイネ辺境伯領で初めての競馬がスタートした。空に打ち上げられた爆発魔法を合図に、目の前を全速力で馬が駆けていく。ドドド、という地鳴りの迫力はものすごかった。一緒に見ていたロザリアは目を白黒とさせている。

ホワイトホースは期待通りに一着を取った。そして購入した馬券一枚につき、小銀貨二枚と銅貨六枚の払い戻しとなった。あちこちから、笑い声と悲鳴が聞こえている。

だが、みんな楽しそうな笑顔をしていた。ひとまずはオッケーかな？

第一回ハイネ辺境伯競馬での最高配当金は、馬券一枚につき小銀貨六枚だった。つまり、最高六倍だったということだ。

初回だったし、単勝だったのでこんなもんだろう。それでもみんなに楽しんでもらえたようである。早くも、次の競馬はいつなのか？　という問い合わせが殺到しているらしい。

「思ったよりもにぎわいましたね、お父様」

「ユリウス、これは我が一族が先導して行う事業だぞ」

キリリと眉をあげ、この上なく真面目な顔をしたお父様が興奮気味にそう言い放った。その隣ではお母様が何度もうなずいている。どうやらお母様も気に入ったようである。

そうだよね。馬券を買って、的中させて、おおはしゃぎしていたもんね。

「そこまでですか？」

「そうだ。規模を拡大すれば、他の領内からも客を呼び寄せることができるだろう」

他の領地から客を呼び寄せることができれば、宿泊費や領内の商品が売れて経済が活性化する。

そうなると税収も増えるわけで、ハイネ辺境伯家としては大変ありがたい。

流通がよくなれば街道も整備されるし、いいことずくめだ。

「それなら今後は私ではなく、お父様が中心となってこの事業を行うべきですね」

「いいのか？　ユリウスの手柄を横取りすることになるが……」

「七歳児が主催者だったら、他の貴族に笑われますよ」

「そうかもしれんな」

そう言いつつもお父様は納得していない様子だった。

別に俺の手柄なんて気にしなくていいのに。こちらからすれば、余計な仕事が減って大助かりだ。

こうして俺は、うまいこと全権をお父様に渡すことに成功したのであった。やったぜ。

第六話

運命の出会い

「お茶会、ですか？」

雪が溶け、寒さが緩み始めたころ、お母様からお茶会の打診があった。年が明け、俺も八歳になった。そのくらいの年齢になると子供たちは、社交界デビューの一歩手前である〝お茶会〟にそろって参加するのだ。

個人的には時間のムダだと思っているのであまり行きたくはないのだが、この辺りで一番の権力者ということもあり、行かざるを得なかった。まあ、アレックスお兄様もカインお兄様も一緒なので別にいいけどね。

ちなみに妹のロザリアはお留守番だ。五歳児にはまだ早いということのようである。

「そうよ。隣のリオーダン子爵家で開催されるわ。我が家とも仲がいいし、初めて参加するのにピッタリだと思うのよ」

「分かりました。よろしくお願いします」

「そう言ってくれると思ってたわ」

そう言ってお母様がほっぺたにキスをしてくれた。これから俺がお茶会に着ていく服をどれにするか悩むんだろうな。お母様にとって子供たちは動くお人形さんなのだ。

お茶会では普通の子供を演じなければならないな。ジャイルとクリストファーも参加できればよかったんだけど、二人とも貴族じゃないので参加できない。

俺もそろそろ貴族の友達を作る必要があるのかもしれないな。


お茶会当日がやってきた。俺はアレックスお兄様、カインお兄様と一緒に馬車に乗り込むと、リオーダン子爵家へと向かった。アレックスお兄様にとっては最後のお茶会になるのかな？

学園を卒業するころには、アレックスお兄様は十五歳になっているはず。この国では十五歳で成人と見なされるため、そこからは大人の社交界に参加するようになるのだ。

「緊張しているみたいだね、ユリウス」

「それはそうですよ。ジャイルとクリストファー以外に友達がいないんですから」

それを聞いたアレックスお兄様とカインお兄様は笑っている。大変余裕のある笑いである。恐らく二人には貴族の友達が何人もいるのだろう。俺も頑張らないといけないな。

「そういえばユリウスには女の子の友達もいなかったっけ」

「ええ、そうですけど……もしかして、お兄様たちには女の子の友達がいるのですか？」

「もちろんだよ。ユリウスもこのお茶会で素敵な女の子が見つかるといいね」

これがリア充の余裕。なんだかとっても悔しいです。こうなったら俺も女の子の友達を作るしかない。お兄様たちを見返してやるんだ。

そう思っていたのだが……現実は厳しかった。

原因は俺が魔道具師に設計図を売りつけた〝お星様の魔道具〟のせいだった。どこから情報が漏れたのか、俺が設計者だということが広まっていたのだ。

そのせいで、俺の周りには女の子が集まってきていた。その狩りを楽しむかのような様子に完全に引いてしまった。

なんとか女性陣から脱出し、引きこもってお菓子を食べているとお兄様たちがやってきた。

「散々だったみたいだね」

「アレックスお兄様！　……お察しの通りです。これじゃ男の子の友達も、女の子の友達も作れません」

「人気者はつらいね～」

「笑ってる場合じゃありませんよ、カインお兄様！　なんとかして下さい」

「そう言われてもなぁ」

俺に群がる女の子を見て、男の子の参加者は明らかな敵意を見せていた。そりゃそうか。女の子がほぼ全員俺のところに来ていたら嫉妬するしかないよな。トホホ。貴族の友達を作りたかったのに。

一人で落ち込んでいると、目の片隅に一人の女の子の姿が映った。

「ん？　あの子、一人みたいですね」

「おや？　あの子は確かアンベール男爵家のファビエンヌ嬢じゃないのかな？」

「詳しいですね、アレックスお兄様」

「年頃の女の子は全員チェックしている」

「……学園で後ろから刺されないように気をつけて下さいね」

「そんなまさか……ハハハ」

そう言いながらもその顔は引きつっていた。プレイボーイになるのは一向に構わないが、身の安全は確保するようにしてほしい。学園には基本的に護衛も使用人も付かないみたいだからね。

「一人同士、気が合うかもしれません。ちょっと行ってきます」

「あの子、あんまり話さない子だから、根気よくね」

「貴重な情報をありがとうございます」

アレックスお兄様に礼を言うと、ファビエンヌ男爵令嬢の下へと向かった。

俺の気配に気がついたのかファビエンヌ嬢が顔をあげた。しかし、前髪が長くてよく顔が見えないぞ。

「こんにちは。私はハイネ辺境伯の三男、ユリウスです。失礼ですが、アンベール男爵令嬢のファビエンヌ様ですよね？」

「ど、どうしてそれを……」

驚いたのか、震える子猫のような声をあげた。なんだろう、どうも庇護《ひご》欲をそそられてしまう。見た目が小動物っぽいからかな？

「兄に教えてもらったのですよ。よかったら私とお話ししませんか？」

「それは、その……あ、ファビエンヌ・アンベールです」

ちょっとオドオドとした様子で頭を下げる。ようやく前髪の間から顔が見えた。

銀色の月みたいに美しい髪に、ブルーの瞳が神秘的な女の子。ちょっとはにかむ様子がかわいらしい。

さて、何の話がいいかな？　お兄様の助言によると、俺がリードしなければならないな。そうだ、庭で育てている植物の話をしよう。最近は魔法薬の素材だけでなく、カモフラージュのために、普通のお花も育てているのだ。女の子ならきっと興味があるはず。

この作戦は成功したようであり、ファビエンヌ嬢が食いついてきた。

「そうなのですよ。冬の間はカブしか育てることができなかったので、早く春が来るのが待ち遠しいですわ。カブもいいですけど、やっぱりお花を育てたいですから」

「カ、カブですか。なかなかいいものを育てていらっしゃいますね」

「ユリウス様は冬の間、何を育てているのですか？」

「えっと……」

ずいぶんとしゃべるな、この子。ちょっと思っていたのと違うぞ。だがまあ、それもよし。暗い顔をしているよりかはずっといいからね。

「冬の間はホワイトミントとバニラセージを育てています」

「どちらも聞いたことがない植物ですわ。どんな植物なのですか？」

「この二つは魔物の森で採取してもらったものなのですよ。お菓子に混ぜると香りがよくなるのです」

「香りづけ用の植物なのですね。面白そうですわ。今度私も育ててみることにしますわ」

お菓子の香りづけに使えるのはもちろんなのだが、俺はそれを魔法薬の素材として使っているのだ。

主に匂いがきつい魔法薬の香りをごまかすためだが、それだけでもずいぶんと違う。ホワイトミントにはスッとする清涼感を得られる効果もあるので、塗り薬に混ぜるのもありだ。

やれやれ。これでなんとか最低限の役割は果たせたぞ。あと一人、男の子の友達ができれば最高なのだが、ちょっと厳しいかもしれないな。

そう思っていると、一人の男の子が近づいてきた。

「あなたはもしかして、ユリウス・ハイネ辺境伯令息ではないですか？」

キラキラしたイケメンが話しかけてきた。相手は俺のことを知っているようだが、こちらは相手のことを知らなかった。着てる服もバッチリ決まっている。紺色の蝶《ちょう》ネクタイがよいアクセントになっていた。

「そうですけど、あなたは？」

「申し遅れました。エドワード・ユメルです。以後、お見知り置きを」

「ユメル子爵家の方ですね。ユリウスです。こちらはファビエンヌ・アンベール男爵令嬢です」

「ファ、ファビエンヌです」

エドワード君はファビエンヌ嬢の手を取ってキスをしていた。なかなかキザな感じである。いやもしかして、エドワード君のやり方が正式な方法なのか？　お兄様たちの動きをもっと観察しておけばよかった。

「それにしても驚きました。ボク以外に女の子から注目を集める人がいただなんて」

「そうなのですか？」

ファビエンヌ嬢が目をパチクリとさせてこちらを見ている。思ったよりも表情が豊かでかわいいな。

「ええ、ちょっと〝お星様の魔道具〟で有名になってしまいましてね」

「お星様の魔道具！　私も欲しかったのですが、高くて買えませんでしたわ」

「ええぇ！　必要な材料は安いし、作るのも簡単なのに？」

おいおい、一体どんな価格で売ってるんだよ。ぼったくりか？　お客様の信頼を失うことになるぞ。設計図だけ丸投げしてその後は放置していたのがあだとなってしまったようである。

「ユリウス様が開発したというウワサは本当でしたか。正直、驚きですね」

「そうなのですか？」

「うん、まあね……」

こうしてウワサが広がっていくんだろうなぁ。俺は遠い目をするしかなかった。

秘密はいつかバレる。俺が魔法薬を作っていることも、いずれバレるんだろうな。今はまだ考えたくない。

「ボクも魔道具に興味があるんですよ。何か開発のコツとかはあるんですか？」

「コツねぇ。とりあえずランプの魔道具を分解することから始めるといいですよ」

「ランプの魔道具の分解？」

「そう。まずはランプの魔道具を作れるようにする。それが第一歩ですね。『お星様の魔道具』もランプの魔道具からヒントを得て作ったものですから」

「なるほど。帰ったらさっそく分解してみることにします」

素直に教えを受け取るエドワード君。

なんだかナルシストっぽい雰囲気があるけど、悪い人ではなさそうだ。何か俺に文句があって近づいてきたのかと思っていたが、単純に興味があっただけのようである。

「私にも作れますか？」

「たぶん大丈夫だと思うけど……もしかして、魔道具を作るのって、資格がいるのですか？」

「どうなんでしょう？　販売するときに必要になるくらいだと思います。魔法薬は作るだけでも資格が必要ですけどね。魔道具はそこまで危険じゃないですから」

魔法薬は危険物として認識されているのか。確かにおばあ様が作っている魔法薬はある意味、毒だもんね。

高位の魔法薬師でそうなのだから、何も知らない初心者は毒しか作れないだろう。

「興味があるなら作ってみてもいいと思いますよ。魔道具に必要な鉄板や魔導インク、魔石は街で手に入りますからね」

こうして俺は二人目の友達をゲットした。よくやった、と自分をほめてあげたい。


お茶会から帰った俺は、初めてできた貴族の友達に何かプレゼントしたいと思っていた。ファビエンヌ嬢には〝お星様の魔道具〟にしよう。エドワード君には何がいいかな？　魔道具に興味があるみたいだから、鉄板、魔石、魔導インクの魔道具作製三種の神器をプレゼントしようかな。

部屋で魔道具を作っていると、妹のロザリアがやってきた。

「お兄様、新しい魔道具を作っているのですか？」

「違うよ。前にロザリアにプレゼントした〝お星様の魔道具〟を作っているんだよ」

「……だれにあげるのですか？　女の子？」

え、何この感じ。俺なんか悪いことしちゃいましたかね？　ロザリアが半眼でにらみつけてくるんだけど。

「今日のお茶会でお友達になったファビエンヌ嬢にプレゼントしようと思ってね」

「ふーん、好きなのですか、その子のこと？」

ロザリアが膨れている。ヤダこの子、嫉妬している！　なんでやねん。今日、出会ったばかりだし、いきなりフォーリンラブになんてならないよ。そりゃ、かわいい子だったけどさ。

「そうじゃないよ。俺は友達が少ないからね。大事にしなきゃいけないんだよ。それにエドワード君にもプレゼントするからね。ファビエンヌ嬢だけじゃないよ」

「いいなぁ、お兄様からのプレゼント」

アヒルのように口をとがらせるロザリア。ロザリアには〝お星様の魔道具〟をプレゼントしたじゃないか、と言える雰囲気ではない。

「あー、何かプレゼントを考えておくよ」

「本当ですか？　楽しみにしてます！」

無邪気だな、我が妹は。そして五歳児なのに嫉妬深い。もしかして、ヤンデレなところがあるのかな？　どうか違いますように。

さて、妹へのプレゼントは何にしようかな。クマのぬいぐるみでも作るかな。『裁縫』スキルを持っているし、それなら楽勝だろう。さて、それじゃ材料を持ってきてもらわないとな。

魔道具を完成させると、すぐにぬいぐるみ製作に取りかかった。ふかふかの生地を縫い合わせて、中に綿を詰める。目の部分はボタンである。両手、両足の部分も可動するようにボタンで縫い付けた。糸は簡単に切れないようにするために、『糸作製』スキルを使って生み出した〝マッスルスパイダーの強靭《きょうじん》な糸〟を使っている。

色は汚れが目立たないように茶色を基調にしている。この世界のクマを見たことがないので、小さいころに読んだ絵本に出てきたクマがモチーフだ。

ロザリアはその絵本が好きだったからな。妹の好みを外してはいないはず。

「よし、完成したぞ。これでロザリアのご機嫌取りは大丈夫なはずだ。さて、ファビエンヌ嬢とエドワード君への手紙を書かなきゃな。いきなり送りつけたら何事かと思われるかもしれないからね」

机に座るとすぐに手紙を書き始めた。後回しにすると面倒くさくなるからね。そうなる前に一気にやっておいた方がいい。

手紙を書き終えると、それらの品を届けるように使用人に頼んだ。

夕食が終わると、さっそくクマのぬいぐるみをロザリアに届けに行った。この時間はお母様と一緒にサロンでお風呂の準備ができるのを待っているはずである。

俺はサロンのドアをノックすると、クマの顔だけのぞかせた。

「お母様、クマちゃん！」

「あらあら、かわいいクマちゃんねぇ」

ロザリアのうれしそうな声と、お母様のおっとりとした声が聞こえた。俺はそのままクマのぬいぐるみの手を振ると、それを抱えてサロンの中に入った。

「ロザリア、約束通りにプレゼントを持ってきたよ」

「わあい！　お兄様、ありがとう！」

クマのぬいぐるみをロザリアに渡すと全力で愛《め》で始めた。今にも名前をつけそうな勢いである。

あいている席に座ると、使用人がハーブティーを持ってきてくれた。

このハーブティーは俺が薬草園の片隅で育てていたハーブを使っている。なんでも普通のより香りがよいそうだ。

「よかったわね～、ロザリア。いいわね～、ロザリア」

同じような言葉を二回言ったお母様。なんだろう、その声がとてもうらやましそうな声に聞こえるんだけど。

どうしよう、ここは直接聞くしかないかな。

「お母様もぬいぐるみが欲しいのですか？」

「……欲しいわ。だって、こんなにかわいいのだもの。これでも私はかわいい物には目がないのよ」

そういえば確かに、お母様の自室にはぬいぐるみや、かわいいアクセサリーなんかがたくさん飾ってあったような気がする。

これは失敗したな。お母様にもぬいぐるみも作っておくべきだった。

お母様からの熱い視線が俺にそそがれている。別に差別したわけじゃないんだよ。

「それではすぐにお母様のぬいぐるみも作っておきますね。同じ物でいいですか？」

「ありがとう。お願いするわ。まさか息子が作ってくれたぬいぐるみを手に入れる日が来るなんて思わなかったわ」

うれしそうなお母様。そんなお母様を見てると、もう一体作りたくなっちゃうな～。次はネコのぬいぐるみにしよう。ロザリアの分も一緒にね。ぬいぐるみを三体作ることになるが、俺ならきっとやれるはず。

すぐに部屋に戻ると、ぬいぐるみの製作を始めた。生地が足りないので追加も頼んでおく。結局その日は、寝る間際までぬいぐるみを作り続けた。ロザリアとお母様の喜ぶ顔が目に浮かぶと、止《や》めどころを完全に見失っていた。

翌朝、朝食が終わると、昨日の夜に作りあげたぬいぐるみを持って、お母様とロザリアのところに向かった。

「まあ、もうできたのね。ユリウスはぬいぐるみを作る才能があるわ！」

「お兄様すごい！　ありがとう！　友達が増えたよ。やったねクマちゃん」

二人には気に入ってもらえたようで、しきりに抱き心地を確かめていた。喜んでもらえてよかった。

後日、ファビエンヌ嬢とエドワード君からお礼の手紙が届いた。

ファビエンヌ嬢の手紙には〝お星様の魔道具〟が思ったよりもすごい性能で、家族みんなで毎日星空を楽しんでいると書いてあった。

一方のエドワード君からの手紙には〝さっそくランプの魔道具を分解して、そこに描いてあった魔法陣をまねしてみたが、うまくいかなかった〟と書いてあった。

たぶん、エドワード君の魔法陣に間違いがあるんだと思う。小さく描こうとすればするほど、隣の模様とつながったりして、効果が発揮されなくなる。

そこで手紙に〝まずは大きく描くように〟と書いて返事を出した。一つでも自分の力で魔道具を作ることができれば、大きな自信につながるからね。

すっかりと雪も溶け、地表に緑が見え始めたころ、いよいよアレックスお兄様が王都へ旅立つ日がやってきた。

王都へ向かうのはアレックスお兄様と数人の護衛のみ。大きな鞄《かばん》が四つもあった。

個人的にはそんなに持っていく物あるかなぁと思ってしまう。学園ではみんな制服だし、休日に出かけるにしても、そこまで服はいらないと思う。むしろ寮の部屋を圧迫して、狭く感じるのではなかろうか。

「アレックス、気をつけて行くように。ハイネ辺境伯家の一族として、恥ずかしくない行動を心がけるんだぞ」

「気をつけてね。ちゃんと手紙を書くのよ」

「もちろんですよ、お父様、お母様」

アレックスお兄様が自信に満ちた顔で答えた。学園に行くのを楽しみにしていたもんな。俺とカインお兄様を相手に、しきりに学園のトリビアを教えてくれたしね。そのおかげでカインお兄様も王都の学園に行きたがっているし。

「お兄様、お土産話《みやげばなし》を楽しみにしていますからね！」

「もちろんだよ、カイン。ちゃんと日記に書いて、忘れないようにしておくよ」

「アレックスお兄様、これは私からの差し入れです」

俺は袋を差し出した。中身を確認するアレックスお兄様。

「これは……回復薬と解毒剤？」

「そうです。学園で何があるか分からないですからね。それがあれば、後ろから刺されても、食べ物に毒を盛られても大丈夫なはずです！」

アレックスお兄様の笑顔が固まった。口元は笑っているのだが、口角がピクピクと動いている。

女性陣からの人気に定評のあるお兄様である。領都でそれなのだ。学園に行けば、四方八方からの攻撃にさらされることだろう。ぜひ無事に帰ってきてもらいたいものだ。

「あ、ありがとう、ユリウス。なるべくこれのお世話にならないようにするよ」

お父様とお母様はそんなアレックスお兄様の様子を、目を細め、疑うようなまなざしで見ていた。どうやらアレックスお兄様がプレイボーイであることを知っているようである。

たぶんその性格はお父様に似たのだと思うけど違うのかな？

「アレックスお兄様、行ってらっしゃい！　悪い女の子にだまされちゃダメですよ」

「う、うん。気をつけるよ。ありがとうロザリア」

完全にアレックスお兄様の顔が引きつっていた。さすがはロザリア。かわいい顔をして言うことがストレートである。

アレックスお兄様を乗せた馬車が王都に向けて出発した。今から行けば、確実に入学式には間に合うだろう。それどころか早く学園に着くので、着いた先で自由を満喫するのかもしれない。

親の目が届かないという点を考えると、王都の学園に行くのも楽しいかもしれないな。俺は領都の学園に通うつもりだけど、ちょっといいかもと思ってしまった。カインお兄様が行きたがるのも分かる気がする。

第七話　娯楽の神様

お兄様が学園に旅立ってからの一年はあっという間に過ぎていった。その一年の間に、ハイネ辺境伯領では着々と本格的な競馬の準備が整えられていった。

正式に責任者をお父様に譲ったとはいえ、俺は競馬の発案者である。そのため会場運営や配当金の管理、開会宣言などを手伝うことになった。聞いてないよ。

そして競馬人気の高まりによって毎日忙しく働くことになってしまった。だれか代わってくれ。

そのおかげで、昨年は新たな魔法薬を作ることができなかった。

だがしかし、俺の頑張りのかいあって、競馬事業は軌道に乗り、運営も安定してきた。そのため今年からは新たな魔法薬作りに挑戦できるはずだ。

休暇で戻ってきていたアレックスお兄様が王都の学園へ再び旅立ってから数日が経過した。

そんなある日。

「ユリウス様、最近はずいぶんと大人しいですな」

「それはどういう意味かな？　ライオネル」

「お館様からユリウス様をしっかりと見張っておくようにと言われておりますからね。その静けさの裏で何かやっていないかと思っただけですよ」

ライオネルがなんでもないように言った。だが言われた方はちょっと傷つくぞ。どうやら俺はトラブルメーカーのように思われているようだ。そんなつもりはまったくないのに。

むしろ逆に、よいことしかしていないじゃないか。

「特に何もないよ。新しい素材が手に入ったわけでもないから、新しい魔法薬は作れない。魔道具に関しては、魔道具師になるつもりはないからね」

「残念ですな。ユリウス様が何か新しい事業を生み出すのではないかと、みんな期待しておりますよ」

「勘弁してくれ。もう少しでぬいぐるみ職人にされるところだったんだぞ」

お母様とロザリアにあげたぬいぐるみがちょっとした騒ぎに発展した。原因はハイネ辺境伯家のお茶会で、お母様がぬいぐるみ自慢をしたことである。

欲しいという人が現れ、お母様に頼まれていくつか作ることになったのだ。そしてその数がだんだんと増えてきたところで、ぬいぐるみの設計図をハイネ辺境伯家のお抱え服飾店に渡した。

ほどなくして、服飾店でも作られるようになったのだが、どうも俺が作ったぬいぐるみの方が作りがいいらしい。そのため今でも俺に作ってもらえないかと頼まれるくらいなのだ。もちろん断っている。

「ハッハッハ、ユリウス様は本当に多才ですね。それだけ才能があれば、将来お金に困ることはなさそうですな」

「そうだな。でも俺は将来、魔法薬師になるつもりだからな。他はおまけだ」

「お館様が言うように、ユリウス様は本当に欲がありませんな」

ライオネルが再び愉快そうに笑った。欲と言われてもなぁ。俺の手元にお金があっても使い道がないんだよね。娯楽がほとんどないし。

そういえばアベルさんも、娯楽に飢えているみたいなことを言っていたな。もしかして今が娯楽を提供するときなのでは？　うん、きっとそうだ。冒険者、娯楽、的当て……そうだ！

「ライオネル、ちょっと作りたい物があるんだ。どこかに木材があまってないかな？」

「木材なら騎士団の訓練場に資材として置いてありますよ。使うなら持ってこさせますが……」

「いや、その必要はないよ。俺がそっちへ向かうから案内してくれ」

「かしこまりました」

訓練場に到着すると騎士たちが笑顔で迎えてくれた。

「これはユリウス様！　ユリウス様に敬礼！」

「ようこそ、ユリウス様！」

ビシッと敬礼をする騎士団の団員。完全に俺は騎士団で崇拝される者になっていた。そんなつもりはなかったのに。魔法薬の効果は偉大だ。

「ちょっと木材を分けてほしいんだけど、いいかな？」

「もちろんですよ。ご自由にお使い下さい」

「ありがとう」

そう言ってから、適当なサイズの丸太を風魔法で輪切りにしていく。こんなとき、風魔法は便利だ。木材を切断するだけならノコギリなどの道具は不要である。ただし、細かい作業には向かない。

円形に切った、厚さ三センチほどの平たい木材の表面をキレイに磨いていく。そしてそこに、借りてきた筆で円を書き足していく。そこに点数を書いていけば完成である。

「できた」

「なんですかな、これは？」

「ダーツだよ。ここに向かってナイフを投げて、点数を競うんだよ」

「ナイフを投げる……なるほど」

何をする道具か理解したライオネルがうんうんとうなずいている。他の騎士たちも興味津々といった感じだ。だんだんと人も集まってきた。

「それじゃ、だれか試しにやってみないか？」

「それでしたら、せんえつながら私が」

「私もやってみたいです」

こうして始まったダーツ大会。的までの距離と、使うナイフを選定しつつ、ルールが決まっていった。

ナイフは最終的に殺傷能力が低い、細いロープを切るための小さなナイフを使うことになり、的までの距離は五歩となった。

そして試合は白熱していった。

いつまでも帰ってこない騎士団長のライオネルを探しに来た騎士がそれに参加し、次々とミイラ取りがミイラになっていった。

そしてついにはあきれた様子でやってきたお父様も沼にはまり、最終的にはお母様に全員怒られてその日はお開きとなった。

もちろんすぐにダーツは生産されることになり、冒険者と領民の間にも瞬く間に広まっていった。

そして俺は騎士団のメンバーや冒険者、領民からも〝娯楽の神様〟と言われるようになっていた。

うん、まあ、作ったのは俺なんだけど、子供には危険だからって、参加させてもらえなかったんだよね。それって俺の娯楽にならないじゃん。意味ないじゃん。

これは子供でも遊ぶことができる娯楽を考えないといけないな。

トランプはあるし、将棋やチェスはルールが複雑で子供向けではない。それなら……すごろくでも作るか？　サイコロはすでにあるので大した手間ではないだろう。

「おーい、ユリウス様ー！」

「アベル殿ではないですか。どうしたのですか、こんな時間に？」

時間は午前十時くらい。今日はいつもの訓練がなかったので、ジャイルとクリストファーを連れて、領都視察という名の遊びに来ていたのだ。

こんな時間にAランク冒険者のアベルさんが街をうろついているのは珍しいな。もしかして、冒険ギルドから緊急招集されたのだろうか？　どこかの町か村に強力な魔物が現れたのかもしれない。

俺たちの間に緊張が走った。

「それがさ、これから冒険者ギルドでダーツ大会があるんですよ」

「ズコー！」

俺は昭和の芸人のように転んだ。それを見たジャイルとクリストファーは驚き、アベルさんは腹を抱えて笑っていた。

「ごめんごめん、まさかそんないい反応をしてくれるとは思わなくて」

「いや、それはいいんですが……俺、ギルドマスターに謝っておいた方がいいですかね？」

「ん？　別に気にしなくていいんじゃないんですかね？　だってギルドマスターも大会に参加するし」

「どうやら俺は領民のみんなに謝った方がよさそうですね……」

なんてこった。娯楽を求めて作ったダーツが、冒険者ギルドの仕事の妨げになるだなんて。

今後は大人たちの娯楽ではなく、子供たちに向けた娯楽を作るようにしよう。

文字を覚えさせるために、カルタなんかを作ってもいいかもしれない。ご当地カルタにすれば、観光客も買ってくれるはずだ。

そんな感じで精神的なダメージを受けた俺はさっそくすごろくとカルタを作った。どちらもシンプルなやつである。コンセプトは妹と一緒に遊べるおもちゃ。

その成果を確かめるべく、俺はハイネ辺境伯家にジャイルとクリストファーだけでなく、ファビエンヌ嬢とエドワード君を呼び出した。交友を深めるために、もちろんお泊まりつきである。

「あのう、私が本当にこんなところに来てもいいんですか？」

ファビエンヌ嬢が顔をこわばらせているが気にしてはダメだ。努めて明るい表情で話しかける。

「いいんですよ。今日は俺が新しく開発した遊びに付き合ってもらって、よければ感想をもらえないかと思っています」

「わ、分かりましたわ」

「ファビエンヌ嬢、気にすることはありませんよ。なぜならボクがついてますから。このエドワード・ユメルがね！」

「ユリウス様、俺とクリストファーがこの場にいるのはちょっと違う気がするのですが……」

こんなに不安そうにしているジャイルを初めて見た。周りが貴族の子供ばかりだからなのだろう。クリストファーにいたっては完全に沈黙して青くなっている。

「いいんだよ。ジャイルとクリストファーは将来俺についてくるんだろう？　それならこんな状況には何度も遭遇することになるさ。そのときの練習と思ってくれればいい」

「そ、そうかもしれませんが……」

「お兄様！　早く遊びましょう！　クマちゃんもネコちゃんも待ってるわ！」

「あの、かわいいぬいぐるみですね。どこで手に入れたのですか？」

「これはね、お兄様が作ってくれたのよ！」

「まさかユリウス様が？」

驚いた顔をしてファビエンヌ嬢がこちらを見ている。しかも顔に欲しいと書いてある！　あーその、いつまでたってもゲームが始まらないわけだが……。人選を間違ったかな？　個別に呼んで対処すべきだったか。


ファビエンヌ嬢にぬいぐるみを作ってあげる約束をしたことで、ようやく騒ぎが収まった。これでおもちゃの出来具合を確かめることができるぞ。

「まずはすごろくからの説明だ。このサイコロを振って、出た目の数だけ先に進むことができる」

「この四角の中を進んでいくんですね」

「そうだ。そして止まったところに書いてあることに従わなくてはならない」

ルールはそれほど難しくないはずだ。全員がある程度理解したみたいなので、細かいルールはゲームをしながら教えることにした。それぞれ好きなキャラクターのカードを選んでもらう。

「ユリウス様、この絵もユリウス様が描いたのですか？」

「うん、そうだよ」

「ユリウス様は色んなことが得意なのですのね」

ファビエンヌ嬢が感心している。だがしかし、それは俺の本来の才能ではなくて、ゲームのスキルによるものだった。なのでそんな目で見られると、ちょっと後ろめたい気分になる。

カードに描かれている絵は勇者や剣聖、賢者、大魔導師など。これはいわゆる〝魔王討伐すごろく〟であった。勇者が魔王を倒す話は、絵本にもよく描かれているモチーフだ。それをすごろくでも使ったというわけだ。

「この最終目的地の魔王城に最初にたどり着いた人が勝ちということですね。なるほど、素晴らしい。まさにボクにピッタリですね」

エドワード君は自分に酔いしれていた。ぶれないな。悪い子じゃないんだけど。

そんな感じでスタートした。サイコロを転がす。出た目は三。

「いち、に、さん。えっと、宿屋に泊まって一回休みだと？」

「残念でしたね、ユリウス様。その間に先に進ませてもらいますよ」

ジャイルがサイコロを振った。出た目は一。

「えっと、魔物にやられてしまった。始まりの村に戻る」

「あー、残念だったね」

「ジャイル、元気出してよ」

現在先頭を行くクリストファーがジャイルをなだめていた。うん、何だかんだで楽しんでいるみたいだ。

「フムフム、始まりの村に戻されるような厳しいところは最初の方だけみたいですね」

「そうだよ。ゴール間近でそれをやられたら、やる気がなくなるだろう？」

「フッ、確かにそうですね。よく考えられている。これは面白いですね」

普通にほめてくれてもいいんだよ、エドワード君。女性陣も楽しめるとあって、なかなか白熱していたようだった。

何戦かした結果、一番あがりが多かったのは妹のロザリアだった。無欲の勝利なのか、はたまた運がいいのか。

ある程度、すごろくの感触が確かめられたところで、今度はカルタを始めた。

「これは読み手が一人で、残りの人がこの絵柄の描かれたカードを取るんだよ。この丸の中に書いてある文字が、読み手が最初に読む文字と同じになっているんだよ」

「この絵は何か意味があるのですか？」

「いい質問だね、ファビエンヌ嬢。絵は読み手が読んだカードの内容を絵にしたものだよ」

「それではこのバラの絵は、バラと関係した内容のお話になっているのですね」

「そういうことだね」

最初の読み手は俺がすることにした。まだよく分からないだろうからね。カルタもすごろくと同じようにそれほどルールが難しくはないので、すぐに理解できると思う。

「それじゃいくよ。核を狙え、相手はスライム、動きは遅いぞ」

「か、か、かだよ、か！」

「スライム、スライム……あった！」

スライムを見つけたロザリアが最初の一枚をゲットした。誇らしげに天に掲げている。これでみんなの目の色が変わった。

「ユリウス様、次を！」

「悪いけど、次はボクが取らせてもらうよ」

「えー、それでは次、たくさん咲いた、庭に広がるバラの花」

「ファー！」

ファビエンヌ嬢がダイブした。たぶん狙っていたのだろう。ああもう、カードがぐちゃぐちゃだよ……。

そんなトラブルがありながらも、カルタは続いていった。こちらも好評のようである。

ある程度遊んだところで、休憩することにした。テーブルを囲んでみんなが座る。俺たちがワイワイと騒いでいる間に、すでに使用人たちが飲み物とお菓子を用意してくれていた。

「お兄様、とっても楽しかったです。また一緒に遊んでくれますか？」

「もちろんだよ。二人は泊まることになってるし、また遊ぶとしよう」

「今度はお父様とお母様とカインお兄様も呼びましょう！」

「そ、そうだね」

そのメンバーでやって大丈夫かな？　主にファビエンヌ嬢とエドワード君の心理状態が大変なことになりそうなんだけど。ほら、二人が微妙な顔をしているぞ。

「ユリウス様、この遊戯は売りに出すのですか？」

「もちろんそのつもりだよ。どうしてだ、ジャイル？」

「あの、俺の家族とも遊びたいなと思いまして」

そういえばジャイルには弟と妹がいたな。一緒に遊びたいのだろう。すごろくもカルタも言葉の学習をサポートできるように作ってある。子供の教育にいいはずだ。

「それならよかった。なるべく早く商品として、売り出せるようにお父様に話しておくよ」

「あの〝お星様の魔道具〟もこうして商品化したのですね。すごいですわ」

「たまたまだよ、たまたま」

そういうことにしてもらいたい。そうでもなければ、ちょっとやましい気持ちになってしまう。

転生者が前世の知識を活《い》かしてものづくりをしたときは、みんな同じような気持ちになったのかな。

「最近は新しい魔道具を開発していないのですか？」

「今はしていないね。なかなかいい思いつきがなくてね」

エドワード君は相変わらず魔道具に興味津々のようである。以前に〝大きく描くように〟とアドバイスしたのがよかったみたいで、少しサイズは大きくなったが、ランプの魔道具を再現することができたと言っていた。

ちょっと残念そうな顔をしているエドワード君。新しい魔道具ねぇ。何かあったかな？

お父様とお母様にこの遊戯を披露すると、すごい勢いで食いついてきた。どうやら競馬やダーツをやりたがる子供が増えてきているようで、ちょっとした問題になりつつあったそうだ。

これらの遊戯はそれを学習という形に変えることができる。両親にとって、まさに俺の提案は渡りに船だったということだ。そしてすぐに商品化されることになった。

俺が〝ご当地カルタやすごろくを作ってみては？〟と提案したら、競馬すごろくが誕生した。売れ行き好調だそうである。どれだけ好きなんだよ、競馬。

こうして俺の懐には着々とお金が増えてきたが、正直に言って買う物がない。魔法薬の素材を気軽にその辺りで購入することができればよかったのだが、そうはいかなかった。魔法薬の素材は専門店で購入しなければならないのだ。

領都には何人も魔法薬師がいるため、もちろん専門店が店を構えている。高位の魔法薬師のおばあ様はそこで素材を好きなだけ買うことができるのだが、資格を持たない俺は一切買うことができなかった。

そうなると、自力で魔法薬の素材を採取するしかない。

「ライオネル、トラデル川に素材の採取に行きたいんだけど」

訓練場でライオネルを見つけると、すぐに相談を持ちかけた。ライオネルは突然の頼みに不審そうに眉をひそめた。ライオネルはお父様の手先だからな。慎重に言葉を選ばないといけない。

「目的をうかがってもよろしいですか？」

「トラデル川でよく見かける川ヘラジカが落とす角が欲しいんだよ。この時期に新しい角に生え変わるから、古い角が落ちているはずなんだよね」

「それなら我々が取ってくればよいのではありませんか？」

ライオネルが訓練場にいた騎士たちを見渡した。騎士たちは力強くうなずいている。どこにでも行きます、と今にも言いたそうな顔をしている。大変ありがたい申し出なんだけど、ちょっと問題があるんだよね。

「それが、たぶん冒険者ギルドからも川ヘラジカの角の採取依頼が出てると思うんだよね」

「なるほど、我々と冒険者が取り合うとよくないということですね」

「その通り」

川ヘラジカの角は高値で売れる。冒険者たちにとっては貴重な収入源である。それを数にものを言わせた騎士団が根こそぎ奪っていくと問題になるだろう。だからこそ、自分が出向くことで〝別にそんなもの取りに来てませんよ〟的なオーラを出す必要があるのだ。

「川ヘラジカの角を何に使うつもりなのですか？」

「川ヘラジカの角は中級回復薬の素材になるんだよ」

「それならぜひとも確保しなければなりませんな」

ライオネルが即決した。判断が早い。こうしてトラデル川へ行くことが決定した。トラデル川付近は魔物の数は少ないし、比較的安全な場所である。


数日後、俺はいつものようにジャイルとクリストファーを連れてトラデル川へとやってきた。この川は領都近郊の穀倉地帯を流れており、とても重要な川である。この川が干上がるようなことがあれば、スペンサー王国の食糧事情は急激に悪化するだろう。

「何度か来たことがあるけど、キレイな川だよね」

「この川は霊験あらたかなカシオス山脈の雪解け水が源泉ですからな。魔物も寄ってこないのです」

うーん、魔物が寄ってこないとは不思議な水だな。何か特殊な効用があったりするのかな？　気になって『鑑定』スキルで調べてみた。

カシオス水：普通。

なるほど。どうやらただの水ではないようだ。何かに使えるかもしれないので、少しだけ持って帰ることにした。思わぬ収穫があったな。

「何かに使えるのですか？」

ビンに川の水を入れて持ち帰ろうとしている俺が気になったのか、ライオネルが聞いてきた。そしてすかさずライオネルがビンを持った。

貴族って面倒くさいな。最初から自分で回収せずに、騎士に頼むべきだったか。

「今のところは分からないね。でも、もしかすると何かの素材になるかもしれない。色々とやってみないと分からないよ」

そう言いながらもちょっと興奮している自分がいた。ゲーム内にはなかった素材が手に入った。この素材は無限の可能性を秘めている。そう思うと、ワクワクせざるを得なかった。

「期待しておりますぞ」

「任せてよ。さあ、川沿いを歩いて、角を探すぞ」

こうして川ヘラジカの角の捜索が始まった。途中で何人かの冒険者に遭遇した。もしかして同じ獲物を狙っているのかもしれない。

俺たちは気がつかれないように、〝ただの散歩です〟みたいな顔であいさつをしておいた。

「なかなか見つかりませんな」

「そうだね。川ヘラジカの角は毎年生え変わるわけじゃなくて、若い川ヘラジカの角が生え変わるだけだからね」

「なるほど。だから貴重なのですね」

その後も散策を続けたがなかなか見つけることができなかった。川ヘラジカは何匹も見かけるんだけどね。俺たちが襲ってこないと知っているからなのか、のんびりと川沿いの草を食べている。

「ユリウス様、川ヘラジカを捕まえてから角を切ったらダメなのですか？」

「それがね、ジャイル。それをすると切り口から何かの成分が抜け落ちるみたいで、素材として使えないんだよ」

「何かの成分って、なんですか？」

「さぁ？　なんだろうね」

これまで色々と調べたところ、理由は不明だが、無理やり切った角は何の役にも立たないことが判明していた。そうでなければ、今ごろ川ヘラジカは絶滅していたことだろう。これも生存戦略の一つなのかもしれない。

今日はもう川ヘラジカの角を入手するのは無理かな？　と思ったとき、先を行く騎士が何かを見つけたようである。

「ユリウス様！　何かの動物の角を見つけました！」

「おお、確保しておいてくれ。すぐにそっちに向かう」

ようやく見つかったかな？　これだけ歩いたのだから、一本くらい欲しいところだ。急ぎ足で向かうと、そこには立派な川ヘラジカの角があった。

「これは間違いなく川ヘラジカの角だ。よくやったぞ」

「やった。これで帰ることができるぞ」

疲労が限界に達していたのか、ジャイルがうれしそうな声をあげた。いいのかな、そんなこと言って。お父さんのライオネルがすぐ近くにいるんだよ？　それに対してクリストファーは賢明にも口を閉じていた。どうやら危機管理能力に優れているようだ。

「ジャイル、この程度の散策で音をあげるとはどういうことだ。ユリウス様を見なさい。まったく疲れた様子を見せないではないか。まだまだ鍛錬が足りない。帰ったら訓練場を十周だ！」

ライオネルの言葉に涙目になるジャイル。気持ちは分かるが自分の発言には気をつけた方がいいぞ。

トラデル川で見つけることができた川ヘラジカの角はこの一本だけだった。川ヘラジカの雄はこの角に魔力を込めて雷の魔法を使う。そのため、生え変わるときは必ず一本ずつ生え変わるようになっているのだ。

無事に家に帰ってきたころには、日が暮れ始めていた。

「お兄様、こんな時間までどこに行っていたのですか？」

「ちょっとトラデル川まで行っていたんだよ」

「何しにですか？」

「川ヘラジカを見に、かな？」

「川ヘラジカ？」

首をかしげるかわいい妹に川ヘラジカがどんな生き物なのか、どんな生態をしているのかを話してあげた。一緒に見に行きたいと言っていたので、今度行くときは一緒に連れていこうと思う。川ヘラジカの角はこの時期にしか取れない。何度も探しに行くつもりだったので、一度くらいは連れていっても問題ないだろう。妹と遊びつつ、夕食の時間を待った。

夕食が終わり、お風呂をすませると、早々に部屋に引きこもった。ここからの時間は魔法薬作製タイムである。今回は川ヘラジカの角がある。これで中級回復薬を作ることができるはずだ。

相変わらず俺の部屋には魔法薬作製に必要な道具は一切なかった。それはすなわち、お父様とお母様が〝俺が魔法薬を作れるということ〟を隠しておきたいということであった。

魔法薬を作るということは、この国にとって、いや、もしかすると、この世界にとっては想像以上にデリケートな問題なのかもしれない。

ハイネ辺境伯家の書庫には、残念ながら魔法薬の歴史についての本はなかった。領都の本屋も探してみたのだが、こちらは魔法薬の歴史の本どころか、魔法薬の本すらなかった。

どうやら学園に通うまではお預けのようである。おばあ様に聞くという選択肢もあったが、疑いを持たれそうで怖い。

従順な魔法薬師であるおばあ様は、俺に魔法薬師としての才能があると分かれば国に報告するだろう。その結果、どのような事態になるのかが予測できない。

魔法薬には俺の知らない黒歴史が存在する。その内容によっては処分される恐れも十分にある。死ねば元通りとはいえ、やっぱり死ぬのは怖いし、できることなら回避したい。そんなわけで俺は、今日も『ラボラトリー』スキルを使って魔法薬を作っている。

「なかなか立派な川ヘラジカの角だな。これなら一本で中級回復薬を四十本くらい作ることができるはずだ。さすがに一度に作るのには薬草と魔力が足らないが、それでも十本くらいは今すぐに作れるかな」

俺は『ラボラトリー』スキルを発動した。目の前に幾何学模様で描かれた、謎の丸い空間が出現した。この魔法空間の中では、ありとあらゆる制約を無効化することができるのだ。

「そういえば〝カシオス水〟っていう謎の水を入手していたな。試しにこの水を使ってみようかな。さすがに中級回復薬でいきなり使うのは怖いので、初級回復薬で試してみよう」

カシオス水を魔法空間に入れると、いつもやっているように、水蒸気にしたのちに水へと戻した。その結果、カシオス水は高品質になった。

「おかしいな。水なら最高品質になるのにな。何か他の条件が必要なのかもしれない。まあ、今はいいか」

次はそのカシオス水に、乾燥させて細かく砕いた薬草を入れて加熱する。液体が沸騰するか、しないかのところで加熱するのをやめて、液体をろ過する。

そうしてできあがった初級回復薬は、いつもの緑色の透明な液体の中に、キラキラと輝く光が混じっていた。

「なんだろうこれ。まさか毒じゃないよね？」

そう思いつつ『鑑定』スキルを発動させた。

初級エリクサー：高品質。傷を癒やし、魔力を回復させる。効果（小）。渋い。

おっと、これは初めて見る魔法薬だぞ！　ゲームでは体力と魔力を同時に回復させる魔法薬はなかった。そのため魔法薬師は両方の魔法薬を売ってお金をジャンジャン稼いでいたのだ。しかしこの初級エリクサーは両方の効果を持っている。

両方の効果を持つ回復薬のメリット、それは荷物が少なくなることである。この世界にはゲーム内のように、ほぼ無限に物を持ち運ぶことができるような便利アイテムは存在しない。

そのため長旅をするならば、大量の荷物を持っていく必要があるのだ。

生死に関わる回復薬は長旅には必須アイテムだ。そしていざという時に切り札となる魔力回復薬も、もちろん必須である。

その両方を兼ね備えた魔法薬なら需要も高いだろう。渋いけど。

「カシオス水を使うのはちょっと保留だな。渋みをなんとかする必要がある。でも、その方法を探す時間も、素材も余裕がない」

手持ちで使える素材は少ない。改良するのはまた今度だな。俺は初級エリクサーを保存容器の中に大事にしまった。

さて、次だ、次。今度こそ中級回復薬を作るぞ。

作り方は初級回復薬の素材の中に川ヘラジカの角を粉末にしたものを加えるだけである。だがそのまま作っても面白くない。一手間加えるつもりである。

今回入手した川ヘラジカの角は抜け落ちてそれほど時間がたっていなかったのか、高品質だった。これなら高品質以上の中級回復薬を作ることができるはずだ。

こうして俺は『ラボラトリー』スキルを使って中級回復薬を作製した。品質は高品質。オレンジ色の透明な液体ができあがった。

「うーん、最高品質までの道のりは長いなぁ。『ラボラトリー』スキルでダメなら、これはもう素材の品質をあげるしかないな。早く最高品質の薬草が収穫できればいいんだけど」

ないものは仕方がない。俺はそのまま中級回復薬を五本作ると、魔力切れでぶっ倒れた。まさか中級魔法薬を作るのに、これほど魔力を使うとは。

初級エリクサーの効果を確かめてみようかと思ったが、やめておいた。

渋みが怖かったからである。実験台になってくれる人、どこかにいないかな。

第八話

ワイバーン

それから数日後、妹との約束を守るため、俺たちは今、家族そろってトラデル川へとやってきている。

だが、一言だけ言わせてほしい。どうしてこうなった。

本当は妹だけを連れてトラデル川に行く予定だったのだが、妹を連れていくのは危険だとお母様が反対した。

ハイネ辺境伯家に女の子は妹のロザリアしかいない。お母様にとっても、ハイネ辺境伯家にとっても、大事なお姫様なのである。

「ごめんね、ロザリア。そういうことだから、連れていけないんだ」

「えー！　ヤダヤダヤダー！」

ロザリアは暴れた。それはもう、これまでにないくらい暴れた。どうしてそんなに暴れるのかまったく分からなかったが、その暴れっぷりにお母様が止めに入った。

「分かったわ、ロザリア。それならお母様もついていきます。それならいいでしょう？」

だがしかし、それに反対したのがお父様であった。こうして芋づる式にカインお兄様が加わり、結局家族全員でトラデル川へピクニックに行くことになったのだ。

これはあれだ。今回は川へラジカの角はあきらめよう。

トラデル川は今日も涼しげで美しかった。季節は夏までもう少し猶予がありそうだが、そのころに訪れても心地よさそうだ。

川を眺めながらのんびりと馬車が進んでいく。たまにはこんなゆっくりとした日もありかもしれないな。

しかし、そんな心地よい時間は騎士の叫び声によって終わりを告げた。

「報告します！　前方にケガ人がいます。どうやら冒険者のようです」

「冒険者がケガをしている？　この辺りに危険な動物はいないはずだが……急いで回復薬を持っていってやれ」

お父様の指示に護衛の騎士がかしこまった。お父様が言うようにこの辺りには人を襲う動物はいない。もちろん魔物もいない。

冒険者が川へラジカにちょっかいをかけて、雷魔法でパリッとすることはあるかもしれないけどね。

俺たちが乗った馬車はそのまま前進し、ケガをした冒険者のところまでたどり着いた。ケガは回復薬で治ったようだが、胸元にかけて革製の装備が大きく引き裂かれていた。

クマにでも襲われたのかな？　それにしては大きい気がする。

「お館様、大変です。どうやらこの付近でワイバーンに襲われたようです」

「なんだと？」

「ただいま詳しい話を聞いていますが、まず間違いないかと……」

お父様とお母様、そしてカインお兄様の顔色が悪くなった。ワイバーンがなんたるかを知らないロザリアはキョトンとしている。対して俺は……この場をどう乗り切ろうかと考えていた。

俺はワイバーンくらい、今の子供の状態でも倒せる。だが、それをやっていいものか。たぶんダメだよね。

Aランク冒険者が出張ってくる案件なのに、それを子供の俺がやったらまずいだろう。お母様が卒倒しかねない。

「急いで引き返すぞ。だれか冒険者ギルドに連絡を入れろ」

お父様が命令する。ワイバーンが地上に降りてくれば、今の護衛の人数でも十分に倒すことができるだろう。問題はどうやってやつを引きずり下ろすかだ。

魔法で打ち落とすのが基本なのだが、残念なことに護衛の中に魔導師は二人しかいなかった。

「お父様、今馬車を動かすのはまずいかもしれません。目立ちます」

「ユリウス……確かにそうかもしれんな」

これだけの人数が動いていれば、いやでも目につくだろう。そうでなくとも馬車はとても目立つ。何せこの馬車はハイネ辺境伯家の存在を誇示するかのような作りをしているからね。見た目が少々派手なのだ。

「お館様、どういたしましょうか？」

「冒険者が来るのを待つのがよさそうだが、都合よくAランク冒険者がいるだろうか。難しいだろうな」

「このままここで夜を迎えるのは危険でしょう。食料もありません」

「そうか……危険だが、戻るしかないな」

そう言ったお父様の顔は苦渋に満ちていた。

ようやく今の自分たちの状態が危険なことが分かったのか、ロザリアがお母様にしがみついた。

ライオネルの眉はグッとつり上がっており、周囲は緊張感に包まれている。

そうしてお父様の指示により、俺たちは元来た道を引き返すことになった。

トラデル川にワイバーンが現れたなんて話を聞いたことがないんだけどな。一体どこから、何のためにやってきたのだろうか。謎は深まるばかりだ。

迷いワイバーンかな？　まあ、天災と言われるドラゴンも予告なしに現れるし、同じ竜種のワイバーンが似たような行動をとっても不思議ではないな。

来た道を一目散に引き返す。だが、運の悪いことに見つかってしまったようである。

「グオオオ……！」

轟音《ごうおん》と共に馬車が大きく揺れる。恐らくワイバーンが放った咆哮《ほうこう》だろう。窓ガラスもガタガタと大きな音を立てている。

「キャー！」

「大丈夫よ、ロザリア。落ち着いてちょうだい！」

お母様がとっさにロザリアをかばうが、その顔はすでに真っ青だった。カインお兄様がすぐにお母様のそばへついた。これなら大丈夫そうだな。

「急いで木の下に馬車を入れろ！」

お父様の指示ですぐ近くの木陰へと馬車が入っていく。その周りを騎士たちが囲む。どうやら先ほどの咆哮で倒れている騎士がいるようだ。これはまずいな。

俺が今ここでやらなければならないことはただ一つ。家族を守ること。そのためなら自分の力を使っても構わない。俺は馬車から降りた。馬車の中ではワイバーンがよく見えない。

「ユリウス、何をしている！　危険だぞ、戻れ！」

お父様がすごい勢いで飛び出してきた。そのあまりの速さに、あっさり捕まってしまった。

「馬車へ戻るんだ！」

「お父様こそ、今すぐ馬車へ戻って下さい！　お母様とロザリアの隣にはお父様が必要です。大丈夫ですよ。空飛ぶトカゲごときには負けませんから」

自分に強化魔法を使い、お父様を馬車へと押し戻す。目を丸くしたお父様だったが、今は何も見なかったことにする。ロザリアの泣き叫ぶ声が聞こえたが、それも聞こえない振りをした。

念のため、扉が開かないようにホールドの魔法で固定する。ロザリアが音で驚かないように、音消しの魔法サイレントと、馬車を守るウインドシールドの魔法を使っておく。これで馬車は大丈夫。

前方ではワイバーンがこちらへ向かって高度を下げつつあった。

「ユリウス様、危険です！」

「ライオネル、向かって右側の翼を狙うように魔導師の二人に指示を出してくれ。反対側は俺がやる」

「聞こえたか！　ワイバーンの向かって右側の翼を狙え！」

ワイバーンが川の水面を大きく揺らしながら低空飛行で飛んでくる。ゴゴゴという不気味な音と共に。ゲームのときとはまるで迫力が違うな。

距離が迫ってきたところで魔法が放たれた。火の玉と岩石が飛んでいったが、火の玉はよけられた。だが岩石が当たり、その翼を傷つけた。ワイバーンの体勢が崩れる。

「ウインドブレード！」

ウインドブレードは以前に使ったウインドソードの強化版だ。鋭い風の刃《やいば》が相手を切り裂く。

俺が放ったウインドブレードはワイバーンの翼を完全に切り取った。片方の翼を失ったワイバーンが轟音を立てながら地面に不時着する。

ワアア！　と騎士たちから歓声があがった。

「最後まで油断するな。相手は腐っても竜種だぞ。慎重に行け。しびれ玉も惜しまず使え！」

俺のゲキに槍《やり》を持った騎士たちが暴れるワイバーンへと向かっていった。すでにいくつものしびれ玉が投げ込まれているが、効果はあまり期待できなそうである。さすがは竜種。

やっぱり魔法で真っ二つにすればよかったかな？　でもなぁ。

ワイバーンと騎士たちの戦いは苛烈をきわめた。ワイバーンは口から炎などのブレスを吐くことはないが、翼や足の爪は金属の鎧《よろい》を貫くほどの鋭さを持っている。そして柔軟な尻尾《しっぽ》をムチのようにしならせて、打ち据えてくるのだ。

騎士たちにも負傷者が出ている。やはり最初から殺すつもりで魔法を打つべきだった。自分の保身に走ったことを心から恥じながら、唇をかみしめた。

今からでも遅くはないか？　でも周囲にいる騎士たちが素直に俺の指示に従って、俺をワイバーンの前に連れていってくれるだろうか？

俺の前には騎士団長のライオネルが、そのたくましい体を盾にして俺を守っている。恐らく前には行かせてくれないだろう。

どれだけ時間がたっただろうか。俺にはとても長い時間が経過したように思えたが、ようやくワイバーンの動きが鈍くなってきた。とどめとばかりに大きな斧《おの》を持った大柄の騎士が、エイヤ、とばかりに、ワイバーンの首を切り落とした。

ドッと歓声があがった。ワイバーンは悲鳴をあげることもできず、体をブルブルと震わせると、光の粒となって消えていった。

「行くぞ、ライオネル。負傷者の手当てだ。ありったけの回復薬を持ってこい」

「ユリウス様！　まだ危険ですぞ！」

ライオネルの制止を振り切って負傷者のところへ行く。幸い死人は出ていないようだが、ケガがひどい者が何人かいるようだ。しかし体を欠損した者はいないようである。さすがに回復薬ではそこまでは治せない。それを治すには完全回復薬が必要だった。

「ライオネル、中級回復薬だ。持ってきてるだろう？」

「ハハッ！　直ちに！」

家族が乗っている馬車は、安全確保のために数人の騎士が周囲を確認している。ワイバーンを倒した報告はしたみたいで、馬車の中は落ち着いているようだ。戻ったらお父様に怒られるかな？

「ほら、回復薬だ！　ユリウス様が作ってくれた中級回復薬だぞ。安心して飲め！」

血を流しすぎたのか、もうろうとした意識の騎士が、それでもなんとか中級回復薬を飲んだ。みるみるうちに深かった傷が塞がっていく。その様子に周囲に集まっていた騎士たちが大きく目を見開いている。

「う～ん、ミカン味！」

「飲みやすいように改良しておいたぞ」

俺がサムズアップをキメると、倒れていた騎士は元気に同じポーズを返してくれた。そして現状を把握したのか、慌ててかしこまった。

「ユリウス様、とんだご無礼を……」

「いいよ、気にしてない。それよりもすまなかったな」

「なぜユリウス様が謝られるのですか。そのような必要はありません！」

でもなぁ、うん。これ以上は言えないか。キミのケガは本来する必要はなかったんだ、なんて言ったらショックだろうからね。

俺が作った中級回復薬は次々と配られていき、一人、また一人と復活していった。

「言っておくが、傷が塞がっただけで、血液は戻ってないからな。血を流しすぎた者には手を貸してやってくれ。それからしばらくは安静にしておくように」

あちこちから〝分かりました〟という声があがる。なんとか死人を出すことなく、危機を乗り切ったようである。

さて、俺はこれから怒られに行かなければならないのだが、だれか代わってくれないかな？

足が重い、体が重い。引きずるように馬車へと戻る。隣にライオネルも付き添っているが、果して彼は俺を助けてくれるのだろうか。

「戻りました」

「ユリウス、何か言うことは？」

お父様よりも先に、お母様が矢のような鋭い声をかけてきた。普段怒らない人を怒らせると、とんでもなく怖い。

「勝手な行動をして申し訳ありませんでした」

「お兄様！」

うぇぇん、と顔のあちこちから液体を滴らせたロザリアが飛びついてきた。ああ！　服が！　でも回避するわけにはいかない。よく見るとお母様の服もロザリアの液体で悲惨な状態になっていた。

……もしかして、そっちのことで怒ってらっしゃる？

「ユリウス、報告してくれ」

「はい。ワイバーン一体が出現。騎士団の活躍によりそれを撃退しました。その際に負傷した騎士たちの手当ては完了しています。すぐに動いても問題ありません」

「ケガがひどい者はいなかったのか？」

「中級回復薬を使用したので問題はありません」

「そうか」

お父様はあごの下に片手を当てて目をつぶった。この仕草、ライオネルに似ているな。もしかして、ライオネルの癖がお父様にも移ったのかな？

きっとお父様は俺の処分をどうしようか考えているのだろう。馬車の窓からでも、俺の魔法がワイバーンの片翼を切り落としたのが見えたことだろう。

ワイバーンに通用する魔法を使える九歳児。取り扱いに困っているのかもしれない。騎士団の魔導師が放った魔法が、それほど有効でなかったことも都合が悪かった。俺の成果が目立ちすぎている。

「ユリウス」

「はい」

「今回はよくやった。だが、今後は心配をかけるような行動はなるべく控えるように」

「分かりました」

どうやらそれほど怒られずにすんだようである。残すはお母様だが……こっちは時間がかかりそうな気がする。ロザリアの機嫌を直すのにも時間がかかるだろう。カインお兄様は何か言いたそうだが、何を言えばいいのか分からない様子だ。

不幸中の幸いはこの場にアレックスお兄様がいなかったことだろう。万が一、アレックスお兄様が俺にライバル心を抱けば、ハイネ辺境伯家のお家騒動に発展しかねない。

俺の中に〝ハイネ辺境伯になりたい〟という野心は微塵《みじん》もない。それよりも、アレックスお兄様が導くハイネ辺境伯領の未来を一緒に見てみたい。だって、アレックスお兄様のことが好きだからね。そしてできることなら、それを手伝いたい。

それに対して、カインお兄様は俺と同じくハイネ辺境伯家を継ぐ立場ではないため、そこまでのライバル視はしてこないはずだ。

俺にへばりつく妹を膝に抱えたまま、ハイネ辺境伯家の馬車は家路を急いだ。途中でこちらへ向かってきていた冒険者たちと合流し、冒険者にワイバーンが他にもいないか周辺の巡視を頼んだ。

こうしてトラデル川でのワイバーン騒動は幕を閉じたのであった。

トラデル川でワイバーンに襲われてから数日が経過した。その間にどこからワイバーンがやってきたのかを冒険者ギルドに調査してもらった。

今後のこともあるため、詳細な調査が行われたようだが、結局、偶然こちらにやってきたのだろうという結論にいたった。

竜種は突如ねぐらを別の場所へと移すことがある。それが偶然、あの近辺だったのだろうということだった。

まさかどこかでワイバーンが増えすぎて、一気に人の住む場所に飛んできたりとかしないよね？　気になってお父様にそのことを聞いてみると、その昔に同じようなことが起こり、町がなくなったという話を聞いた。

恐ろしい話だが〝それに対しては打つ手がない〟と言われてしまった。これは万が一に備えて、領民の避難場所を決めておいた方がいいのかもしれない。そうなると、避難訓練も必要になるな。

俺はお父様に、そっと避難訓練の実施を提案するのであった。

ワイバーン本体は魔石になってしまったが、胴体から切り離された頭と片翼はそのまま素材となって残った。ワイバーンの素材は貴重である。かなりの高値がついたとのウワサだ。そのお金を受け取ったのが騎士団であるため、詳細は不明だが。

それからは特に何事もなく月日は流れていった。残念なことに、ワイバーンに襲われてからはトラデル川に行くことができず、結局、今シーズンは川ヘラジカの角を一本しか入手することができなかった。

騎士団のためにもなるべくたくさん中級回復薬を用意したかったのだが、これればかりは仕方がない。足りない分はおばあ様が作った回復薬でしのいでもらうしかないな。

騎士たちにそう言ったら、その場にいた全員の顔から表情が抜け落ち、能面のようになってしまった。

間違ってもおばあ様の前でそんな顔をするんじゃないぞ。

その後も追加のぬいぐるみを作ったり、新しいご当地カルタやボードゲームを作ったりしていると、真夏に差し掛かった。

この季節になると、王都の北に位置するハイネ辺境伯領には、夏の暑さから逃げるために多くの人がやってくる。

我がハイネ辺境伯領は避暑地として有名なのだ。なんだったら王族が来ることもある。それに領内には娯楽も充実している。平常時でさえ、定期的に開催される競馬に多くの人が集まってくるようになったのだ。今年の夏もさぞかし忙しくなることだろう。

「アレックス様がお戻りになりましたよ」

サロンでお茶を飲んでいると、使用人が俺たちを呼びに来た。今日は王都の学園に通っているアレックスお兄様が帰ってくる日なのだ。この時期、王都の学園は夏休みに入っている。

さすがにこの世界にはまだクーラーがなかった。そのため、暑い中、教室で授業をするのは困難というわけだ。それに通っている生徒のほとんどが貴族の子供である。きっと耐えられないのだろう。

氷の魔法などで対処する方法もあるのだろうが、魔力は有限。さすがに限界があった。魔力回復薬をガブ飲みすれば可能かもしれないが、あのまずそうな魔法薬をガブ飲みできる鋼の精神を持つ人はたぶんいないだろう。

玄関に向かうと、すでにアレックスお兄様がすでに到着していた。

「アレックスお兄様、お帰りなさいませ」

「お帰りなさいませ、アレックスお兄様！」

妹のロザリアが駆け寄ってアレックスお兄様に抱きついた。それを難なく抱き上げるアレックスお兄様。さすがは十四歳なだけはあるな。それにお父様に似て、非常に体格がいい。背も高くてがっしりとしている。

「ただいま。みんな元気そうで安心したよ。ワイバーンが現れたっていう手紙をもらったときは、さすがに心配になったけどね」

ハハハ、とその場で苦笑いをした。どうやらアレックスお兄様の下にもワイバーン騒動のことは伝わっているらしい。他にどんなことが伝わっているのかな？　ちょっと不安になってきたぞ。

そのまま俺たちはアレックスお兄様を連れてサロンへと向かった。サロンではすでに新しいお茶のセットが用意されていた。

ハーブティーの爽やかな香りが、窓から差し込む暑い日差しを涼しげにしてくれていた。

「やはり家は涼しいね。学園とは比べものにならない」

「そんなに暑いのですか？」

「ああ、もちろん。ここの倍くらいは暑いかな？」

もちろん実際にそんなことはないだろうが、それだけ暑いということなのだろう。王都の庶民はどうやって夏を過ごしているのだろうか。大変そうだな。

「お兄様、学園生活の話を聞かせて下さいよ」

カインお兄様は学園がずいぶんと気になっている様子だった。たぶん通いたいんだろうなぁ。それにはお父様を説得する必要があるし、そのための情報収集に必死なのかもしれない。

「そうだね、そういえば〝お星様の魔道具〟が学園でちょっとした話題になっているんだよ。きっかけはミュラン侯爵令嬢が学園に持ってきたのが始まりなんだけど」

「アレックスお兄様はミュラン侯爵令嬢と仲がよろしいのですね」

「そうだね。同じクラスの子だからね。身分も同じくらいだし、気兼ねなく話をさせてもらっているよ」

フムフム。もしかして、アレックスお兄様はミュラン侯爵令嬢を狙っているのかな？　だがまだそう判断するのは早いかな。

プレイボーイの兄の動向には注意しておかなければならない。なんか俺たちにも飛び火しそうな気がする。

「ミュラン侯爵令嬢がその魔道具を談話室で披露してくれてね。それはもうすごかったよ。特に女の子たちが喜んでいてね。みんなが欲しがっていたよ。でも、王都ではなかなか手に入らないみたいでね」

「どういうことですか？　設計図は公開しているので、もっと流通していてもいいような気がするのですが」

おかしいな。領都の魔道具師だけに設計図を限定公開しているわけではないのだ。何か裏があるのかな？　悪いことになっていなければいいのだが。

「それがね、どうもユリウスが公開した設計図をハイネ辺境伯領の魔道具師にだけ公開しているようなんだよ」

「え？　そんな話、聞いてませんよ」

「そっか。ユリウスが知らないとなると、お父様が裏から手を回しているのかな。それとも領都の魔道具ギルドが何かやっているのかもしれないね」

俺は魔道具の設計図を売りつけただけだからなぁ。その後、どうなったのかはノータッチで知らなかった。

「そんなことになっているとは知りませんでした。すぐに類似品が出回ると思っていたのですが、そんなことはないみたいですね」

「恐らく王都の魔道具ギルド本部と連携して、専売特許を取ったんじゃないかな？」

「利益を優先したということですね」

ちょっとガッカリだな。まさかそんなことをされるとは思わなかった。それでは庶民の間で広まらないだろう。

そうなると、その恩恵を受けられる人が少なくなってしまう。それは魔道具の発展を妨げることになるだろう。

「ちなみにロザリアが持っているぬいぐるみも王都では人気になっているよ。色んな種類を見てきたけど、ロザリアが持っているのが一番よさそうなんだよね」

「それはそうですわ。だってユリウスお兄様が作ってくれたぬいぐるみですもの。他にもイヌちゃんやヒツジちゃんもいますよ！」

誇らしげにロザリアが胸を張った。まさに兄自慢をする妹の図である。あ、ちょっとアレックスお兄様があきれているな。

「ユリウスは本当に器用だよね」

「ロザリアにお願いされたら断れなくてですね……」

そう言ってなんとかその場のお茶を濁した。

その後は授業の様子はどうなのか、どんなことを教えてもらうのかなどを聞いた。学園の食堂では色んな領地のご当地料理が出るらしく、当たり外れがあって、楽しいらしい。外れ料理をみんなで食べることも、思い出の一つになるのだろう。実に楽しそうである。休日には友達と学園内のお店に出かけては、話題のスイーツを食べるそうだ。その際、必ず女の子を誘って行くそうであり、男女の交流は盛んなようである。

学園では他にも、学園祭や武術大会、ダンス大会などが行われるそうで、実に楽しそうだ。それを聞いたカインお兄様はダンスの練習をもっとやらなければと意気込んでいた。カインお兄様は武術が得意だもんね。あとはマナーとダンスができれば問題なし。自分がやるべきことが見えてきたのだろう。

一方の俺は王都の学園に行くつもりはないので、そんなに頑張る必要はなかった。領都の学園なら適当でも許されるはず。そんなひまがあるならば、庭の薬草園をもっと充実させたい。

アレックスお兄様が帰ってくる少し前から、ハイネ辺境伯領はだんだんと訪れる人が多くなっていた。

騎士団も警備へと駆り出されているし、この時期はどうしても人手が足りないので、臨時の衛兵を雇っている。

今では冒険者ギルドとも良好な関係を築けたので、そこから人員を回してもらっている。冒険者なら普段から鍛えているので、即戦力として十分に使えるのだ。

冒険者にとっても安定した収入が得られることもあり、人気がある依頼の一つだとアベルさんが話していた。

アベルさんにワイバーン騒動のことを話すと〝倒したかった〟と嘆いていた。冒険者としての箔《はく》をつけたかったのかな？

夕食の席ではハイネ辺境伯領を訪れた貴族たちの報告がなされていた。

この地に別荘を持つ貴族は多い。その中でも高位の貴族が避暑にやってきたら、ハイネ辺境伯としてあいさつに行く必要があるのだ。

「そうか。今年は王族がやってくるのか。目的は恐らく競馬だな。どうやら王都でもかなりの評判になっているらしいな」

「その通りです、お館様。今では我がハイネ辺境伯家が発案した競馬をまねしようという動きが活発化しているみたいです。実に嘆かわしいことで」

お父様に報告している執事長が悲しげにそう言った。

いいアイデアはすぐにまねされるからね。仕方ないね。だがうちが元祖であり本家であることを売りにすれば、それなりに戦えるんじゃないかな？

それにハイネ辺境伯領ほど優秀な馬が育っている環境は他にはないだろう。競馬が始まってからはどんどん優れた馬を輩出しているのだ。そのため、かなりの金額で売買される馬が出始めていた。

領地に住んでいる者がもうかれば、当然、ハイネ辺境伯にも税収という形でお金が入ってくる。

実に双方にとってよい関係である。これからもこの調子で続いていってもらいたいものだ。

「王族の方がいらっしゃるのですね。実はミュラン侯爵家も、夏の間、我が領地を訪れたいと言っていたのですよ」

「なに？　ミュラン侯爵家が？　そうか。これは少し忙しくなるかもしれないな。昨年と同様にバレッタ公爵家も来るだろうし、ロッベン伯爵も来るだろう」

「あらあら、それはずいぶんとにぎわうことになりそうね」

お母様が眉をハの字に下げている。すでに予想できないほどの忙しさになることを感じ取ったのかもしれない。

俺に関係なかったらいいな。アレックスお兄様なら、アレックスお兄様ならきっとなんとかしてくれるはずだ。

第九話

領地に集まる厄介事

アレックスお兄様がハイネ辺境伯家に夏休みで戻ってきてから数日後、ミュラン侯爵家が家族そろってハイネ辺境伯領へとやってきたという知らせが入った。

もちろん目的は避暑のためだけではなく、どのような領なのかも見に来たのだろう。

ミュラン侯爵領は王都の東部に位置している。そこは東部への流通の要所となっているため、商人たちが常に行き交い、特に何もせずとも税収が入ってくるという黄金立地だ。いいなぁ。

そのため、ミュラン侯爵家とお近づきになりたい東部の貴族は多く、ミュラン侯爵家にとってご令嬢は大事な切り札といえる。それなのに、どうやらアレックスお兄様とミュラン侯爵令嬢は仲がよろしいみたいなのである。

北部のハイネ辺境伯家と東部のミュラン侯爵家がよしみを通じても、何の旨味もなさそうなんだけどね。

そんな裏事情があるにもかかわらず、本日、アレックスお兄様のお友達として、ミュラン侯爵令嬢がハイネ辺境伯家にやってきたのだ。

ブロンドの髪に縦巻きロールを装備した〝ザ・お嬢様〟が玄関の向こうから現れた。

使用人が後ろに一人控えているが、その隣にもう一人、赤茶色の髪をツインテールにした小さな女の子がいた。年齢は俺と同じくらいかな？　ずいぶんとオドオドしている。

その様子は出会ったばかりのファビエンヌ嬢とよく似ていた。

「ヒルダ・ミュランですわ。アレックス様、お約束通り遊びに来て差し上げましたわよ！　こちらは妹のキャロリーナですわ」

「キャ、キャロリーナ・ミュランです」

うーん、見たまんま！　大型肉食動物のような姉と、それに振り回されてすっかり萎縮してしまった小型草食動物の構図である。俺は社交用の笑顔を保っていたのだが、カインお兄様とロザリアの顔は引きつっていた。

ヒルダ嬢はこの辺りではあまり見ないタイプだ。二人がそんな顔になるのも分かる。だが、貴族としてそれをやってはダメだろう。

すでにそんなヒルダ嬢に慣れている様子のアレックスお兄様は、自然な笑顔を作って二人を出迎えていた。

「ようこそ、ヒルダ嬢、キャロリーナ嬢。ゆっくりしていって下さいね。こちらが次男のカイン、その隣が三男のユリウスだよ。そしてこの子が長女のロザリアだ」

アレックスお兄様に紹介された俺たちはそれぞれあいさつを交わした。その途中でヒルダ嬢はロザリアが持っていたぬいぐるみに目をとめた。

「ロザリアちゃん、ずいぶんと質の高そうなぬいぐるみを持っていますわね。それ、どちらで購入いたしましたの？」

「このネコちゃんのぬいぐるみはユリウスお兄様が私のために作ってくれたものですわ」

取られると思ったのか、グッとぬいぐるみをきつく抱きしめている。ロザリアの発言に、ヒルダ嬢の視線がこちらへと向いた。そのまま上から下までじっくりと観察される。

「アレックス様がおっしゃっていた、〝少し変わった弟〟ってあなたのことですわよね？」

え？　アレックスお兄様、学園でそんなこと言っていたのですか？　俺の知らないところでそんなウワサが立っているのはちょっと嫌な気持ちになるな。

思わずお兄様の方を見るとスッと目をそらされた。これはあとで小一時間ほど問い詰める必要があるな。

ミュラン侯爵家のご令嬢たちとのファーストコンタクトはそのような感じで始まった。ロザリアは警戒し、カインお兄様は初めて見るタイプの女の子に困惑している。そして俺はすでに目をつけられた。

アレックスお兄様は一体どんなつもりでヒルダ嬢を呼んだのだろうか。やっぱり狙っているのかな？　うーん、分からん。

とりあえずサロンで一緒にお茶をすることになった。そのころにはお父様とお母様もあいさつにやってきた。

同格の貴族の子供を相手することにも慣れているようであり、そつなくこなしていた。さすがである。

そしてすぐに去っていった。さすがである。

面倒くさそうな空気を感じ取ったのかもしれない。俺も一緒についていけばよかった。

サロンには子供たちだけが残された。アレックスお兄様の友達らしいし、無下にはできないな。

何か話題を振った方がいいのかな？　チラリとアレックスお兄様の方を見ると、優雅にお茶を飲んでいた。

いやいや、そんなことをしている場合じゃないでしょうが。この微妙な空気を早くなんとかしなさい！

「ロザリアちゃん、他にもぬいぐるみを持っているのですか？」

よほどぬいぐるみが気になったのか、再びヒルダ嬢がロザリアが抱いているぬいぐるみを見た。

ロザリアの顔がこわばった。これはよくないな。

「ロザリア、ヒルダ嬢は別にロザリアのぬいぐるみを取ったりはしないよ。ちょっと気になっただけみたいだから、教えてあげたらどうかな？」

アレックスお兄様が優しくロザリアに言った。もしかしてヒルダ嬢は誤解されやすいタイプなのかな。もしかして、ツンデレ？

「お兄様……」

隣に座るロザリアがこちらを見上げてきた。不安そうな顔だ。さすがにそんな傍若無人な態度は取らないと思うけどな。俺が笑顔を向けると、小さくうなずいてから次々とぬいぐるみの名前をあげていった。

「クマちゃんと、イヌちゃんと、ヒツジちゃんと、ウサギちゃんと、モルモットちゃん」

「い、いっぱいいますわね。……あの、少しだけ見せてもらえませんか？」

ヒルダ嬢の声のトーンがずいぶんと低くなっている。きっとロザリアがおびえていることに気がついたのだろう。様子をうかがっているみたいだ。

返事をしないロザリア。どうしよう。

「ほら、キャロリーナも見てみたいですわよね？」

「は、はい。私も見てみたいです」

姉に従順そうな妹が即座に賛同した。キャロリーナ嬢もロザリアが持っているぬいぐるみを先ほどからチラチラと見ていたので、気になっていたのはウソではなさそうだ。

「ロザリア、ネコちゃんのお友達をみんなにも紹介してあげたらどうだい？　お兄ちゃんもみんなの元気な姿を見たいな」

「お兄様も見たいのですか？　それならそうします！」

ようやくロザリアは納得してくれたみたいである。ロザリアは使用人に部屋のぬいぐるみを持ってくるように言った。俺の言葉に従順な妹は、どうやら立派なブラコンに育ちつつあるようだ。

……そろそろ独り立ちさせないと、後々面倒なことになりそうだぞ。どうしよう。

使用人の持ってきたぬいぐるみが、ズラリとあいているソファーの上に並べられた。それを見たヒルダ嬢とキャロリーナ嬢がそろって歓喜の声をあげた。ほんと、ぬいぐるみは女の子受けがいいなぁ。

ロザリアがお触り禁止令を出したので、渋々と眺めることしかできなかったヒルダ嬢とキャロリーナ嬢。俺たちをそっちのけで眺め続けていた。

「ずるいですわ」

顔を曇らせ、小鳥がさえずるような声でヒルダ嬢がポツリとつぶやいた。妹のキャロリーナ嬢も無言だが、コクコクとうなずいている。

なんでやねーん！　どうしてそういう結論になるんだ。俺が自分の妹を特別扱いするのは当然だろう。それをなぜ、ずるいと言われねばならんのか。

あまりの理不尽にアレックスお兄様を見た。だがその顔はにこやかに笑っていた。

なんだろうこの感じ。こうなることは織り込みずみだったのかな。分かっていて二人をハイネ辺境伯家に呼んだのかな？

そうなると、導き出される答えはただ一つ。俺が二人のためにぬいぐるみを作る羽目になるということだ。

俺、ぬいぐるみ職人じゃないんですけど……。ロザリアが喜ぶのがうれしくて、ぬいぐるみを次々と作ってあげたのは認めるけどさ。

「ユリウス、頼めるかい？」

「……一人につき、一つだけですよ」

「それじゃ私はクマちゃんにするわ！」

「わ、私はウサギちゃんがいいです」

「お兄様、私はカピバラちゃんがいいわ！」

なぜそこに妹君が混じってくるんですかね？　今さらロザリアだけダメだとは言えないからいいけどさ。

何だかんだでそのあとはお互いに打ち解け合い、一緒にカードゲームをしたり、カルタやすごろくをしたりして遊んだ。

アレックスお兄様は〝いつの間にこんな遊戯が……？〟と驚いていた。それらの遊戯を開発したのが俺だということがバレれば厄介になると思った俺は、そのことを黙っておくことにした。

しかし、そうは問屋が卸さないとばかりにロザリアがすべてを暴露し、鼻高々になっていた。アレックスお兄様とヒルダ嬢からは〝やはりお前か〟みたいな目で見られた。

これはもう、色々と隠し通すことはダメかも分からんね。

ヒルダ嬢とキャロリーナ嬢が帰ると、俺はぬいぐるみ作りに励むことにした。

夕食が終わるとすぐに針仕事をする俺に、お母様が〝もうぬいぐるみ職人になったら？〟と、冗談なのか、本気なのか分からない口調で提案してきた。

俺が無理やり笑顔を作っていると、事情を知ったお母様が〝それじゃ私もカピバラちゃんを〟と仕事を増やしていった。どうしてあなたは自分の娘と張り合おうとするのですか。遊びでぬいぐるみを作ってるんじゃないんですけど。


せっせと針仕事をすること二日。ようやくぬいぐるみが完成した。アレックスお兄様に届けてくれるように頼むと、ミュラン侯爵令嬢たちをハイネ辺境伯家に招こうという話になった。

俺は断固拒否したのだが、ぬいぐるみが完成したら直接取りに行きたいとヒルダ嬢に言われたそうである。

アレックスお兄様、いつの間にヒルダ嬢とデートしていたんだ？　そんな話、この間はしてなかったよね？　カインお兄様もそれに気がついたのか、半眼でお兄様を見ていた。

午後になって、ミュラン侯爵令嬢たちが再びハイネ辺境伯家を訪れた。手には何やらお茶菓子を持っているようである。

お互いにあいさつもそこそこに、すぐにサロンへと向かった。そこには頼まれていたぬいぐるみがイスの上に座っていた。

「本当にもうできあがったのですわね！　この手触り、素敵ですわ〜」

「ウサギちゃんがふかふかです！」

二人とも喜んでくれたようである。もちろんロザリアの腕にはカピバラちゃんが抱かれている。それにしても、今回はヒルダ嬢の〝お嬢様成分〟が抜け落ちているようである。いつもその方がいいんじゃないですかね。前回は気合いを入れすぎていたのかな？

ミュラン侯爵令嬢たちが持ってきてくれたお茶菓子を食べながら、最近の出来事についての話になった。

「どうやらこのハイネ辺境伯領に、いと貴き方々がいらっしゃったようですわね」

「うん。そうみたいだね。お父様とお母様が慌ただしくお迎えの準備をしていたよ」

ヒルダ嬢とアレックスお兄様がお茶をすすりながら確認していた。

そういえば、アレックスお兄様と同じ学年にお姫様が在籍してるって言っていたな。もしかすると、二人ともお姫様と知り合いなのかもしれないな。

「ユリウスお兄様、いと貴き方々ってだれのことなのですか？」

ロザリアが俺の袖をチョンチョンと引っ張って聞いてきた。妹の上目遣い。結構、破壊力があるな。笑顔を浮かべながら教えてあげる。

「いと貴き方々っていうのは、王様やお姫様のことだよ」

「王様とお姫様が来るの？」

「そうだよ。でもこれは秘密だから、だれにも言っちゃいけないよ」

口に両手を当てて、コクコクとうなずくロザリア。かわいい。キャロリーナ嬢も同じようなポーズでうなずいている。そういえばキャロリーナ嬢っていくつなのかな？　もしかして、妹と同年代なのかな？

そんなことを思っていると、なんだか玄関付近が騒がしくなってきた。

アレックスお兄様とヒルダ嬢の顔を見ると〝まさか〟みたいな顔をしていた。たぶん俺も同じ顔をしてることだろう。そんな二人と目が合った。まさか……。

サロンのドアがノックされ、慌ただしく使用人が入ってきた。

「アレックス様、ダニエラ・クリスタル伯爵令嬢様がいらっしゃいました。お館様が迎えに来てほしいとのことです」

「分かった。すぐに行くよ」

それを聞くと、使用人は頭を下げて出ていった。沈黙と注目がアレックスお兄様に襲いかかる。

なんとなく察したけど、念のため聞いておかないといけないな。

「アレックスお兄様……」

「クリスタル伯爵というのが、王妃様のご実家でね。恐らくご自身の身分を隠すために伯爵家を名乗っているんだろう」

そう言うと、アレックスお兄様は席を立った。その様子をヒルダ嬢がジッと見つめている。

これはあれだ。アレックスお兄様は近いうちに刺されるな。修羅場の予感がする。

しばらくすると、ドアの向こうから声が聞こえてきた。しかも、二人分である。なんだか嫌な予感がしてきたぞ。

使用人が開けたドアから入ってきたのは、アレックスお兄様と女の子が二人。一人はアレックスお兄様の同級生のお姫様だろう。そしてもう一人は、俺やロザリア、キャロリーナ嬢と同じくらいの年齢の女の子だった。

サロンにはすぐに追加のイスが用意されたものの、さすがに同じテーブルに全員が座るのは無理があった。そのため、俺とロザリア、カインお兄様は別のソファー席へと移動した。

いや、この場合、避難したと言った方がいいのかもしれない。

恐らくは、アレックスお兄様がらみでこのハイネ辺境伯領までやってきたのだ。責任はアレックスお兄様に取ってもらうべきだろう。俺たちは無関係だ。巻き込まれたキャロリーナ嬢がかわいそうな気がするけど、そのうちこちらに来るだろう。

「ダニエラ・クリスタルですわ。こちらは私の妹のクロエです。妹共々よろしくお願いしますわ」

「クロエよ。よろしくね！」

元気ハツラツな感じでクロエ嬢があいさつをする。どうやらダニエラ嬢はおしとやか系、クロエ嬢はやんちゃな女の子という印象を受けた。たぶん合ってる。

ダニエラ嬢は青みがかった銀色の髪をなびかせており、一方のクロエ嬢は、どことなく日本を思い出させるようなキレイな黒髪だった。

それぞれがあいさつをし、二人が席に着いたところで、さっそくクロエ嬢が気がついた。

「あ、みんなかわいいぬいぐるみを持ってる！　お姉様、あんなぬいぐるみ、見たことないわ」

「あら、本当ですわね。それに、よくできていますね。どちらの工房の物なのですか？」

またしてもぬいぐるみに注目が集まる。まさに女の子ホイホイだな。

今後は出かけるときにはぬいぐるみを持ち歩かないように、ロザリアに注意しておかないといけないな。これ以上仕事を増やされたら、魔法薬を作る時間がない。

「これは工房で作られた物ではなく、弟のユリウスが作ったぬいぐるみなのですよ」

そしてすぐに暴露するアレックスお兄様。まあ、最高権力者にウソやごまかしができないのは分かるけど、もう少し頑張ってもよいのではなかろうか。せめて、俺がいないときに話すとかさ。

これだと、また俺がぬいぐるみを作ることになりかねない。

こちらにそそがれる視線に内心冷や汗をかいていると、トットットとクロエ嬢がこちらへやってきた。

「すごいのね、あなた。あのぬいぐるみ、とっても素敵よ。ねえ、もしよかったらなんだけど、私にも一つ作ってもらえないかしら？」

テーブルの上に身を乗り出して、遠慮気味に上目遣いでおねだりしてきた。

くっ、かわいいじゃないか。

「それは構いませんが……何のぬいぐるみがいいですか？」

さすがの俺も王族から頼まれて逃げるわけにはいかない。つまり、依頼を引き受けざるを得ない。

「なんでもいいの？　ネコ、ネコちゃんがいいわ！」

「分かりました。それではネコのぬいぐるみを作らせていただきます」

クロエ嬢は満足そうにうなずいている。その後ろでは、ダニエラ嬢が自分も欲しそうな目でこちらを見ている。アレックスお兄様に目配せすると、察してくれたようである。

「ダニエラ嬢も一緒にどうですか？　ごらんのように、ぬいぐるみをプレゼントするのが我が家のしきたりになっているのですよ」

「あら、そうですの？　でしたら私もネコのぬいぐるみを……」

「分かりました。ユリウス、頼んだよ」

「はい」

いつの間に、我が家にそのようなしきたりができたのかと思っていたが、確かに俺と関わりができた女の子には、もれなく全員にぬいぐるみをプレゼントしているな。言われるまで気がつかなかった。

そしてそのままクロエ嬢はこちらのテーブルのソファーに座った。向こうの緊迫した空気を読んだのかもしれない。

このままでは向こうに残されたキャロリーナ嬢が危ない。そう思った俺は〝キャロリーナ嬢も一緒にどうですか？〟とこちらの席に誘った。タイミングをうかがっていたのか、すぐにこちらへとやってきたキャロリーナ嬢。

その顔はどこかホッとした表情だった。

「カインお兄様、あちらのテーブルは大丈夫でしょうか？」

「あまり大丈夫ではなさそうだが、あまり関わらない方がいいと思う」

「同感です」

「お姉様のあのような笑顔、初めて見ましたわ」

クロエ嬢が小刻みに震えている。一体どんな笑顔を見たんだ。聞くのが怖い。それを聞いたキャロリーナ嬢の顔がこわばっている。

もしかして見たのかな？　どうもダニエラ嬢とヒルダ嬢はお互いにライバルだと思っているみたいなんだよね。

そうでなければ、ヒルダ嬢がいるときに、ダニエラ嬢がわざわざ訪ねてくることはないはずだ。このタイミングのよさは狙ったとしか思えない。いくら身分を隠しているとはいえ、王族が来るときは先触れくらいはあるはずだ。

「クロエ様、ハイネ辺境伯家への訪問は前から計画されていたのですか？」

「いいえ、今朝になって突然決まりましたわ。お友達にあいさつに行くって。別荘の使用人たちが大慌てしてました。ところでユリウス様、私のことはクロエと呼んでもらって構いませんわ」

「は、はあ。それでは私のこともユリウスと呼んで下さい」

「ええ、そうさせてもらうわ。ユリウス」

なんだろうこの感じ。もしかして、俺にクロエをぶつけるのもダニエラ嬢の作戦の一部になっていたのかな？　そしてカインお兄様には特になしとはこれいかに。カインお兄様は泣いていいと思う。

一方のカインお兄様はなぜかホッとしたような顔をしていた。巻き込まれずにすんだと思っているのかな？　たぶんその考えは正解だと思う。これ完全に巻き込まれたパターンだ。

「ユリウス様……」

「ど、どうしたんですか、キャロリーナ嬢？」

もうすでに悪い予感しかしない。隣に座っていたロザリアが俺の左腕をガッチリとホールドしている。もうやめて。俺の体は一つだけよ。

「わ、私のことはキャロと呼んでもらえませんか？　ほ、ほら、キャロリーナって、長いし呼びにくいでしょう？」

「分かりました。キャロ……様？　私のこともユリウスで構いませんよ」

「様はつけなくてもいいですわ。ユリウス……？」

なんだろうこの感じ。なんだかむずがゆいぞ。それに左腕がキリキリと締め上げられている。

アレックスお兄様たちがいるテーブルが修羅場になると思っていたら、いつの間にかこちらのテーブルも修羅場になっていた。何を言っているか分からないが、女の怖さを思い知った気がした。

こちらのテーブルに修羅場の空気が流れ始めたころ、向こうのテーブルはさらに修羅場になっているようだった。

「ヒルダ様、ずいぶんと早くハイネ辺境伯領にいらっしゃったのですね。確か夏休み前の予定では、もっとあとではありませんでしたか？」

「予定が変わりましたのよ。お父様の仕事が少し早く終わりましたので、それならばと、予定を早めて来させてもらったのですわ」

「あら、それではアレックス様のご迷惑になったのではありませんか？」

「心配は入りませんわ、ダニエラ様。アレックス様は快く迎えて下さいましたわ。そうでしょう、アレックス様」

「え？　う、うん、そうだね……」

二人はお互いに笑顔を向け合っているが、その笑顔が偽物であることはこの場にいるだれもが分かっていることだろう。

おしとやかそうに見えたダニエラ嬢だが、ライバルであるヒルダ嬢のだまし討ちに大層お怒りのようである。

もしかしたら、夏休み前に紳士協定ならぬ、淑女協定でも結んでいたのかな？　抜け駆け厳禁みたいな。それをヒルダ嬢が破った。それで怒っている。ありそうな感じだ。二人に挟まれたアレックスお兄様はタジタジになっている。

これに懲りたら、そのプレイボーイなところを直した方がいいと思う。俺の予想では、これから

第二、第三のダニエラ嬢とヒルダ嬢が現れるのではないかと思っている。

「ユリウスお兄様、アレックスお兄様はどっちと結婚するつもりなのかしら?」

素朴な疑問を抱いたのか、ロザリアが小さな声で聞いてきた。子供って怖い。俺なら怖くて聞けない質問を簡単に突きつけてくる。

ソファー組のメンバーの視線が俺に集まった。あ、これ、言わなくちゃいけない感じ?

「そうだね、基本的に貴族は恋愛結婚はできないからね。お互いの家にとって、メリットがある結婚をすることになるんじゃないかな?」

「夢がないな、ユリウスは」

「それじゃ、カインお兄様はどう思うのですか?」

よし、うまいことカインお兄様になすりつけることができたぞ。しまったという顔をしてももう遅い。すでに視線がお兄様に集まっていますから。

「そうだな、お兄様は胸が大きい方が好みだからな……」

分かりやすい答えが返ってきた。

だがそれは危険だ。クロエ、キャロだけでなく、ロザリアも、まな板のような自分の胸に手を当てている。

チラリとダニエラ嬢とヒルダ嬢を見ると、どうやらダニエラ嬢に軍配があがりそうである。

「カインお兄様、それだけで判断するのは危険かと……」

「そ、そうだよね」

不穏な空気になったのを察したのだろう。カインお兄様の声のトーンが明らかに下がった。

胸が大きい方が好みなのは、もしかしたらカインお兄様なのではなかろうか。このおっぱい星人め。

「それじゃ、ユリウスはどう思うの？」

今度はクロエが俺に話を振ってきた。しまった。カインお兄様をフォローしたばかりにこんなことに。あのままカインお兄様を追い詰めておけばよかった。

「そうですね……キャロ、ミュラン侯爵家は東の流通の要所にあるんですよね？」

「えっと、そうですわね」

テーブルの上に視線を落とし、口元に手を当てて、慎重に考えるようにそう答えた。

「それならミュラン侯爵家にとっては、遠くの〝北のハイネ辺境伯家〟と手を組むよりも、近くの〝東の辺境伯家〟と手を結んだ方が利点が多いでしょうね。何かあったときにも頼りになるはずです」

俺の発言にうなずくカインお兄様とクロエとキャロ。ロザリアにはちょっと早かったかな？　不思議そうな瞳でこちらを見ている。

「確かにそうですね。東のドラケン辺境伯家とはお互いに家を行き来する仲ですわ。もしかすると、お父様はそうお考えなのかもしれませんわね」

追加の補足を入れてくれるキャロ。どうやらキャロも、姉のヒルダ嬢の旗色が悪いことに気がついたようである。明らかに顔が曇り始めた。

「一方で、ダニエラ様の場合は王族の権力を強めることができます。国防を担っているハイネ辺境伯家とつながりを強くすれば、何かあったときの強力な力になりますからね。そして抑止力にもなる」

「ユリウスお兄様、何かって？」

「クーデターや戦争だよ」

ロザリアの顔がこわばったが、どちらもありえることだ。ごまかさずに、目を背けずに、しっかりと教えておくべきだろう。何しろ、貴族の子供だからね。知らないではすまされない。

「そ、そんなことが本当に起きますの？」

「例えばの話ですよ。今のところその心配はないですが、これからずっとないとは言い切れませんからね。だからこそ、備えておかなければならないのですよ」

クロエの顔色は明らかに悪かった。あまりそんなことを考えたことがなかったのだろう。クロエも王族なのだから、今後はもう少し大局を見てから行動する必要があると思う。

「それじゃ、ダニエラ様が優勢ということか」

「そうとも限りませんよ。うちよりもメリットのある嫁ぎ先があれば、ダニエラ様がそちらに行く可能性は大いにありますからね」

「貴族じゃなくて庶民に生まれたかったわ」

クロエが口をとがらせている。同じ意見なのか、キャロもうなずいている。でもなぁ。庶民は庶民で大変だぞ。

「庶民なら比較的自由に結婚できますが、今のような生活はできませんよ。多くの庶民はその日を生きるのに精一杯だったりしますからね」

夢を見るのは大いに結構。そして同じくらい現実も見た方がいい。

隣のテーブルでは相変わらずダニエラ嬢とヒルダ嬢がやり合っていた。さすがに王族相手に無礼な振る舞いはできないので、ヒルダ嬢の方が分が悪そうではあったが。

間に挟まれているアレックスお兄様はなんとか場を収めようと必死である。

俺もああならないように気をつけなければと思うんだけど、俺の場合は三男なんだよね。その場合、家を出た時点で庶民扱いとなるのが普通だ。功績が認められて爵位をもらえれば話は別だけどね。その確率は極めて低いだろう。

それはカインお兄様も同じだ。恐らくカインお兄様はハイネ辺境伯の騎士団に入ろうとしているのだろう。カインお兄様は特に武術を鍛えていた。

そして俺には特にこれといって決まった居場所がなかった。そのため、ある意味で一番自由である。

今のところは家を出て、高位の魔法薬師になるのが目標だ。魔法薬師になれば、お金に困ることはないだろう。自由気ままな暮らしができるはずだ。そう思うと、今から楽しみだな。

隣のテーブルの修羅場はしばらく収まりそうになかったので、こちらはこちらで、ボードゲームをして遊ぶことにした。

「あら、この遊具、つい最近、王都で発売された物ですわよね？　もうこちらでも売られているのですね」

「いや、えっと……」

「これはユリウスお兄様が作った物ですわ」

「ええええ、作った？　それでは、こちらの方が先ですの？」

「どうやらそうみたいです。ユリウスはすごい人ですわ」

その後は、ロザリアとクロエとキャロが本人そっちのけでワイワイと騒いでいた。

そして明らかに俺を見るクロエとキャロの目の色が変わっていることに気がついた。まるでそれは狩りをする肉食動物の目。対する俺はか弱きヒツジである。

カインお兄様は自分に火の粉が降りかかってこなかったことにホッとしてるようだった。

みんなでワイワイ遊んでいるうちに、隣のテーブルのことは気にならなくなった。それは俺だけじゃなかったようで、みんなの顔が明るくなっている。

まだ子供なんだし、今はしっかりと遊んでおかないとね。

日も暮れ始め、今日のところはお開きとなった。遊びに来た四人がそろって玄関へと向かう。

どうやらまだ、ダニエラ嬢とヒルダ嬢のライバル関係は続いているようだ。でも結婚を決めるの

は親なので、ここで争っても仕方ないと思うんだけどね。

「クロエ、ぬいぐるみが完成したらすぐに届けさせますね」

「いえ、手紙を送ってほしいわ。そしたら取りに行くから」

「そうですわね。無理を言って作ってもらったのだから、取りに行くのは当然ですわ」

ダニエラ嬢がほほ笑んでいる。その様子をヒルダ嬢が引きつるような笑顔で見ている。この二人、学園でも仲が悪いのかな。二人が帰ったらアレックスお兄様に確認しておこう。

こうして時間切れという形で嵐は去っていった。でもまたそろって来るんだろうなぁ。

夕食の席で、すでに疲労困憊《ひろうこんぱい》のアレックスお兄様に学園での二人の仲について聞いてみた。すごくうつろな目をしているが、二人に関わることでトラブルになりそうなら、俺もクロエとキャロとの関係を見直さなければならない。

「学園では仲よしなんだけどね。それがまさか、こんなことになるなんて……」

どうやらアレックスお兄様にとって今日の修羅場は予想外のことだったようである。単純に仲がいい二人がそろって遊びに来たと思っていたのだろう。だが現実は非情だった。

お父様とお母様もおかしいと思っていたのか、俺の質問を皮切りに、アレックスお兄様にあれこれと質問をし始めた。

悪いのはアレックスお兄様だ。あきらめてすべてを白状するしかないだろう。そうしなければ、お父様もアレックスお兄様をだれと結婚させればいいかを決められないだろうからね。

成人と見なされるのは、学園を卒業する十五歳からだ。それまでに仮にでも婚約者を決めておくのがこの国の貴族の風習である。なのでそれまでには、アレックスお兄様の婚約者を決めておく必要があるのだ。お父様も大変だな。

ぬいぐるみができあがったらダニエラ嬢とクロエを招くことになるだろう。そしてそのときにヒルダ嬢とキャロを呼ばなかったら、それはそれで後で揉《も》めそうな気がする。どうしたもんかね。

そんな話をお父様にすると、ぬいぐるみを渡すときにはその四人だけでなく、クリスタル伯爵家とミュラン侯爵家のみんなを呼んで、一緒に競馬を見学してはどうかということになった。

なんだか大事《おおごと》になってきたが、ダニエラ嬢とヒルダ嬢だけで顔を合わせるのはやめた方がいいと判断したのだろう。

お父様の立場からすると、ついでに両家の親とも交流を図ることができる。その方が旨味《うまみ》があると考えたようである。

俺もあの気まずい空気になるのは嫌だったので、その意見に賛成することにした。あとは競馬が開催される日に合わせてぬいぐるみを完成させるだけである。ちょっと心に余裕が出てきたぞ。

第十話
秘密の力

競馬が開催される当日、俺たちは準備を終えて玄関の前に集まっていた。待ち合わせ場所は競馬場にしているので、この場にいるのはハイネ辺境伯一家だけである。

さすがのお父様も、国王陛下と王妃殿下に謁見することになるので緊張している様子だった。

「みんな、準備はできたみたいだな。くれぐれも言っておくが、粗相のないように」

無言で全員がうなずいた。もしそんなことがあれば大変なことになるだろう。しかも王家の人たちはお忍びで来ているのだ。それが発覚したら大騒ぎになる。用心するに越したことはない。

俺たちを乗せた馬車はほどなく競馬場に到着した。

そこは最初に作られたときから何度も改良されて、今ではアミューズメントパークのようになっていた。露店だったお店はしっかりとした建物の中で営業するようになっている。そしてお店の数も増えた。

屋根がなかった馬券売り場も、今では屋根つきの立派な受付カウンターにランクアップしており、何人もの受付嬢が並んでいる。さらに見物席の一部は屋根つきになっていた。それだけ競馬がもうかっているということである。

待ち合わせ場所にはもちろん最初に到着した。お客様を待たせるわけにはいかない。専用の待合室で待っていると、ほどなくしてミュラン侯爵家一行が姿を見せた。

家族みんなで一緒にあいさつを交わすと、すぐに今後の話になった。

「まさか国王陛下と王妃殿下がいらっしゃるとは……」

「私もまさかと思いましたよ。よほど競馬が気になったのでしょうな」

「確か国王陛下は大の馬好きでしたな。そのせいかもしれません」

などという大人の会話が聞こえてくる。お菓子を囲む子供たちは無言である。さすがのヒルダ嬢も国王陛下と王妃殿下が来るということで、借りてきたネコのように静かである。

先日の元気はどこに行ったと思うのだが、それだけ大人であるということだろう。

「お客様がお見えになりました」

使用人が新たな来客を伝えてきた。部屋の中が緊張感に包まれる。使用人が騎士に護衛された一団を連れてきた。

国王陛下だ。普段よりも何段階かグレードを下げた服を着ているようだが、それでも得体のしれない迫力がある。よくこれで周囲の人にバレなかったものだと感心した。

その隣には王妃殿下、そしてダニエラ嬢とクロエがいた。二人は前回我が家を訪れたときと同じような控えめな服装をしており、王妃殿下はお母様と似たような服を着ている。これならちょっと高位の貴族にしか見えない。さすがだ。

何度も国王陛下に謁見したことがあるであろうお父様も、さすがに緊張した様子であいさつをしていた。そしてそれはミュラン侯爵も同じだった。

そんな状態だったので、俺たち子供組も大いに緊張していた。ぎこちない感じであいさつを交わす。

国王陛下を直接見たのは初めてだが、やはり上に立つ者のオーラがあるな。向こうはなるべく抑えているようであったが。

あいさつがすむと、すぐにクロエがこちらにやってきた。目的はもちろんぬいぐるみだろう。

「ユリウス！」

「クロエ様、約束の物を用意しておきました」

「もう、堅いわね。いつものように呼び捨てでいいわよ」

いや、クロエはよくても、この場で呼び捨てするのはどうかと思うんだけどな。どうしようかと迷っていると、国王陛下と目が合った。

「この場は公の場ではない。これまで通りの付き合い方で構わんよ」

「ハッ！　御意に」

頭を下げる俺。国王陛下の命令ならしょうがないね。これを聞いた他の人たちも従うはずだ。下手な遠慮をすると、王命に従わない不届きなやつだと思われるかもしれない。

「クロエ、これが約束していたネコのぬいぐるみです。ケンカしないようにダニエラ様と同じにしてありますからね」

　クロエに二つのぬいぐるみを渡した。クロエはそれを抱きしめると、二つとも欲しそうな目をしていた。よっぽどネコが好きみたいである。たぶん、気に入ったのだろう。

「どちらもとてもよくできているわ。どうしましょう」

「一つはダニエラ様に渡して下さいね」

　困ったことになりそうだぞ。まさか姉妹ゲンカとかしないよね？　不安に思っていると、すぐにダニエラ嬢がこちらへ来てくれた。なぜか王妃殿下もついてきている。まさか……。

「まああ、本当にかわいらしいぬいぐるみね。ダニエラの言ってた通りだわ。私も欲しくなってきちゃったわ」

　そう言いながらクロエが抱えていたぬいぐるみをうらやましそうな目で見ていた。これはあれだな、王妃殿下も欲しいって言うパターンだな。

　クロエが素直にダニエラ嬢にぬいぐるみを渡しても、ジッと見つめていた。

「ちょっとお母様、かわいい物に目がないのはお母様の悪い癖ですわ。そんなに欲しそうな目で見られたら、なんだか罪悪感を抱いてしまいますわ」

　あきれたようにダニエラ嬢がそう言った。クロエもダニエラ嬢もぬいぐるみをしっかりと抱きしめていた。王妃殿下もかわいい物が好きだったのか。初めて聞く情報だな。

「あらあら、ちょっとくらいいいじゃない。減るものでもないのに。このぬいぐるみはユリウスちやんが作ったってお話だったけど、本当なのかしら？」

「え、ええ、本当です。素人《しろうと》が作った物なので、売り物にはできませんが……」

「そんなことないわ。ユリウスが作ったぬいぐるみは最高よ」

おい、ちょっと待てクロエ。何、しれっと俺の自慢をしているんだ。ほら、王妃殿下が欲しそうな顔をしているじゃないか。これはまずい。

助けを求めてお父様を見た。

「それではそろそろ競馬場をご案内したいと思います。我がハイネ辺境伯領で育てられている最高の馬をお見せしましょう」

「おお、それは楽しみだな。案内を頼むぞ」

「かしこまりました」

ナイス、お父様。これでなんとかこの場をしのぐことができたぞ。あとはなんとかごまかせば、きっとうやむやにすることができるはずだ。ようやく一息つけそうである。

そんな風に思っていたのだが、思った以上に女の子の圧が強かった。なぜか俺の周りに妹のロザリアだけでなく、クロエとキャロがつきまとっている。

アレックスお兄様にはもちろんダニエラ嬢とヒルダ嬢がついている。

ボッチのカインお兄様がちょっと寂しそうだ。代われるものなら代わってあげたい。

「見事な毛艶だな」

「あの馬は足の速さはもちろんのこと、持久力も非常に高いのですよ。その向こうの茶色の馬は非常に力があります。馬車を引かせるのに向いています」

お父様が我が領の馬を国王陛下に売り込んでいる。

国王陛下が馬を気に入って購入したとなれば、ハイネ辺境伯領の馬に箔《はく》がつく。そうなると、他の領地から馬を買いに来る人たちがますます増えることだろう。

そうこうしているうちに、本日の第一レースが始まる時間が迫ってきた。

馬券売り場には人が並んでおり、中には使用人の姿も見える。恐らく貴族が馬券を買いに行かせているのだろう。

「ねえ、私たちも馬券を買えるのかしら？」

「残念ながら、成人するまで無理ですね」

「どうして？」

「犯罪に巻き込まれないようにするためですよ」

俺の答えにクロエはとりあえず納得してくれたようである。第一レースの出走馬を『鑑定』スキルでチェックした。どうやら四枠の馬の調子がよさそうだ。

国王陛下たちも馬券を購入するみたいである。ギャンブル好きなのかな？　ただの娯楽の一つとして見てもらえるといいのだけど。

レースがスタートした。目の前を馬が走り抜けていく。その迫力は何度見ても心が躍るものだった。

馬に乗って走ったら気持ちいいんだろうな。俺はまだ小さいので、乗馬はさせてもらえなかった。

「す、すごい迫力です。こんなに速いのですね」

「すごいでしょう？　普段は馬がこれほど全力疾走する姿は見られないですからね。初めて見た人はみんな驚きますよ」

目を白黒させているキャロがかわいかった。当初のオドオドした感じもすっかりなくなっている。

第一レースは俺の予想通り四枠の馬が一着でゴールした。会場では大きな歓声があがっている。

国王陛下が喜んでいるところを見ると、どうやら馬券が当たったみたいである。

これまで競馬は何度も行われているのだが、いまだに単勝しかなかった。理由は二つ。計算が面倒になることと、接戦になったときの順位判定が難しいからだ。

写真判定ができればよかったのだが、この世界に写真はまだない。判定によっては大きな問題を引き起こしかねない。

そんなわけで、現在のところは一着の判断がどうしてもつかない場合は無効レースにすることで対応していた。

「予想は当たったけど、子供は馬券を買えないのよね。残念だわ」

クロエが深いため息をついた。そんなにギャンブルがしたかったのか。どうやらクロエは、国王陛下のギャンブル好きの血を濃く受け継いでいるようだ。先ほどのレースを当てた国王陛下は、次のレースの馬券も買うようである。

次のレースの馬が次々と目の前を通り過ぎていく。

イエローハニー：絶好調。速度（大）、持久力（大）、負けん気が強い。逃げ足が速い。

今度は二枠のイエローハニーがよさそうだな。

「ユリウスは次のレース、どの馬が一番になると思う？」

クロエがニッコリと笑いながら聞いてきた。ロザリアもキャロもこちらを見ている。俺の予想が気になるのかな？　別に馬券を買うわけでもないだろうし、答えても問題ないか。

「二枠の馬の調子がよさそうですね。私なら二枠の馬券を買いますね」

「あら、奇遇ね。私も二枠の馬が一番になると思うわ」

奇遇、なのか？　もしかしてクロエは『鑑定』スキルを持っているのかもしれない。それとももしかして、未来が見えている？　ちょっと気になるな。もうちょっと突っ込んで聞いてみようかな。

「どうしてそう思うのですか？」

「ユリウスと同じで調子がよさそうなのが一番の理由だけど、そうね……速さと持久力が高そうだからかしら？」

「速さと持久力が高そうだからですか？」

キャロがその馬をジッと目を凝らして見ている。目尻を指で引っ張ったりしているが、よく分からないのかしきりに首をひねっている。ロザリアもまねしていたが、こちらも分からないようだ。

「それなら二枠の馬で間違いなさそうですね」

笑って答えた。恐らくクロエには俺と同じような鑑定結果が見えている。まさかクロエが『鑑定』スキル持ちだとは思わなかった。

これって、もしかしなくてもあまりよくないよね？　だって、競馬だとスキル持ちの人が断然有利になるからね。

まあでも、馬のコンディションだけで勝負が決まるほど甘くはない。そのためのハンディキャップである。それに騎手の腕前だってレースに大きく関わってくるのだ。

そんなことを考えているうちに第二レースが始まった。レースは俺とクロエの予想通り、二枠の馬が一着でゴールした。国王陛下はまた当てたようである。

あれ？　もしかして国王陛下も何かが見えているのかな？

「すごいですわ、お兄様！　当たりましたわ」

「ありがとう。あの馬は毛並みがよかったからね。調子がよさそうな気がしたんだよ」

「あら、そうなの？　てっきり私は……」

みんなの視線がクロエに集まった。気まずい表情をしている。

「な、なんでもないわ！」

プイと視線を外したクロエ。これは間違いなく何かが見えているな。

クロエの怪しい言動を気にしつつもレースは進んでいった。お父様は馬が目の前を通過するたびに、国王陛下に馬の紹介をしているようだった。

それを聞いた国王陛下がしきりにうなずいている。近くにいるミュラン侯爵も同じようにうなずいていた。

どうやらうまいこと馬を売り込めているようである。

ここ、ハイネ辺境伯領がスペンサー王国での名馬の産地となる日も近いのかもしれない。


太陽が頂点に達し、そろそろ昼食かなと思っているときに、何やら問題が発生したようだ。

競馬場では度々起こることなので、特に慌てることはなかった。お父様が指示を出すと、警備の衛兵が敬礼して去っていった。

「どうしたのでしょうか？」

キャロが不安そうな顔で聞いてきた。俺の袖をちょこんとつまんでいる。大分オドオドした感じはなくなっていたのだが、何かトラブルがあるとすぐに弱気な性格に戻ってしまうようである。これは安心させないとダメなやつだな。

「大したことではありませんよ。競馬を開催しているときにはよくあることです。たぶん、馬券が外れた人が暴れてるだけだと思いますよ」

「そ、それって大丈夫なのですか？」

「大丈夫。そのための衛兵ですからね。日頃から鍛えていますよ」

「あら、それなら見に行っても大丈夫かしら？」

クロエに野次馬《やじうま》根性があるのかは分からないが、目を輝かせている。

きっとこれまで手荒い光景を実際に見たことがないのだろう。本でしか読んだことがないような光景を見られそうだと、ドキドキワクワクしているのかもしれない。

「万が一のことがあってはいけませんからね。やめておいた方がいいでしょう」

「そ、そうですわ。危険ですわ」

キャロも反対のようである。ロザリアも当然反対だ。ワイバーンに襲われたときのことを思い出したのか、俺の腕にタコのようにへばりついている。

だが、すぐに解決すると思っていた騒ぎはますます大きくなっていた。

「ライオネル、何があった？」

お父様もさすがに何かあったと思ったようだ。国王陛下たちを避難させせつつ状況の再確認を指示している。俺も気になって騒ぎになっている方を見た。

どうやら一人ではなく、複数人の男が暴れているようである。

一人なら捕まえることはたやすいだろう。しかし複数人になると、途端に取り押さえるのが難しくなる。しかも、どうやら相手は貴族のようだ。そうなると、衛兵たちも手を出すのに慎重になってしまう。

俺の両腕の圧が強くなってきた。見ると、ロザリアとキャロの顔色が悪い。その一方でクロエは目を大きくして騒ぎが起きている方を見つめていた。もっと近くで見たそうな様子である。早いところなんとかしないと。

こうなったらホールドの魔法であの貴族を押さえ込もう。無詠唱で魔法を使えば気づかれないはずだ。あの貴族の動きを封じ込めることができれば、衛兵たちだけでなんとかなるだろう。

俺は衛兵の動きを見てタイミングを計る。今だ！

「ユリウス……？」

ホールドの魔法は寸分違わず貴族を押さえ込んだ。それに乗じて衛兵が次々と騒いでいる男たちを拘束していく。

しかしどうやら、ひそかに俺が魔法を使ったことにキャロだけが気がついたようである。

もしかしてキャロは魔力の流れを見ることができるのか？　斥候スキルの中に『魔力感知』スキルがあったはず。ゲーム内では魔力の痕跡をたどって、エリアボスがいる場所を探していたはずだ。

これは俺が魔法を使ったことがバレた可能性があるな。これ以上、大事にしないためにはキャロの口を封じておく必要がある。

両腕が塞がっているので、俺はキャロに向かって片方の目を閉じた。キャロがコクコクと無言で首を縦に振ってくれた。これでたぶん、大丈夫なはず……だよね？

取り押さえられた人たちが衛兵によって奥へと連れていかれた。問題を起こした人が貴族であろうと、当分の間は競馬場への出入りは禁止になる。それができるのも、ハイネ辺境伯の地位がそれなりに高いからである。

そう考えると、競馬を開催できる領地は限られてくるのかもしれないな。これは思った以上にライバルが増えない可能性があるぞ。そうなれば、うちは大もうけだ。

「ユリウス、さっきのは？」

コソコソとキャロが聞いてきた。やっぱりどんな魔法を使ったのか気になるようだ。教えて口止めしといた方がいいだろう。

「さっきはホールドの魔法を使ったんだよ」

「聞いたことない魔法ね」

キャロが首をかしげている。もしかしてこの世界にはない魔法？　そんなことはないと思うんだけど。念のためごまかしておかないといけないな。

「ちょっと特殊な魔法だからね。知らないのも仕方がないかも」

「そうなのね」

なんとか納得してくれたようである。これで大丈夫かな？　相変わらず俺の腕にしがみついているけどね。

まだ怖いのか、ちょっとプルプルしている。もうちょっとこのままでいよう。

それにしても、キャロの胸がペッタンコでよかった。膨らみがあったら困るところだったぞ。

あ、お父様が国王陛下に頭を下げているな。きっと騒ぎについて謝っているのだろう。あまりにも治安が悪いと、禁止させられるかもしれないからね。

でも、国王陛下はギャンブルが好きそうだったからそう簡単に禁止にはならないと思うけど……。むしろ、先ほど連れていかれた貴族の方がとんでもない処罰を受けるような気がする。

まさかここに国王陛下が来ているとはだれも思わないだろうしなぁ。ハイネ辺境伯領の関係者でも、国王陛下が来ることを知っているのは一部の人間だけだからね。

騒ぎが収まったことでクロエの関心が乱闘からそれたようである。こっちを振り向いたクロエの動きが止まった。

「ちょっと、二人とも、何抜け駆けしてるのよ！」

「えええ！」

抜け駆けって、完全に誤解だ。俺の両腕にくっついている二人は単純に恐怖心からそうなっただけなのに、なぜかクロエには違う光景に見えているらしい。なんだかアレックスお兄様と、ダニエラ嬢、ヒルダ嬢の関係を彷彿《ほうふつ》とさせる。まさか。

「どうしたんだ？　おやおや、ユリウスも隅に置けないな」

俺の悲鳴が聞こえたのか、アレックスお兄様がやってきた。もちろんその両腕にはダニエラ嬢とヒルダ嬢がくっついている。あ、もしかして、俺、三つ巴《みどもえ》になってる？　妹は身内なので仕方がないとして、残りの一本の腕を二人で取り合う感じになるんですかね？

「アレックスお兄様、そんなんじゃありませんよ。さっきの乱闘騒ぎでロザリアとキャロが怖がってるだけですよ」

「あら、そうなの？」

クロエの声が先ほどの低い声から普通の声に戻った。どうやら自分の勘違いだと気がついたようである。助かった。

「なるほど、ユリウスは頼りになるからね。私も見たかったな、ユリウスがワイバーンを倒すところを」

「ワイバーン？」

クロエが声をあげる。腕にしがみついているロザリアがビクッとなった。

「アレックスお兄様、ロザリアが怖がるのでそれ以上はやめて下さい」

「ごめんごめん」

アレックスお兄様がすまなそうにロザリアに謝っている。たぶんお兄様は俺の武勇伝を二人に聞かせたかったのだろうな。

もしかすると、俺とキャロ、もしくはクロエをくっつけようとしているのかもしれない。自分の仲間を増やそうというわけか。ずるいぞ、お兄様。俺を巻き込むんじゃない。

「ユリウス、ワイバーンって……」

「あー、クロエ、その話はまたあとでね。ほら、次のレースが始まりますよ」

こうしてなんとか話をそらすことに成功した。だが、屋敷に戻ってからはダメだった。

屋敷に戻った俺たちはそれぞれ別のサロンへ別れた。

お父様はハイネ辺境伯家で一番の眺めを持つサロンへ国王陛下たちを案内した。そして次にグレードが高いサロンにはアレックスお兄様たちが入っていく。

相変わらずダニエラ嬢とヒルダ嬢はバチバチと音がしそうなほど、笑顔でにらみ合っており、とてもその部屋に入りたいとは思えなかった。そのため俺たち子供組はあいている適当なサロンへと避難した。

「アレックスお兄様も大変ですよね」

使用人が出してくれた冷たいジュースを飲むと体が少し涼しくなった。ここが避暑地でよかった。真夏にこの程度ですんでいるのだから。

「ユリウスがそれを言うかなー?」

カインお兄様が苦笑いしている。う、確かにそうかもしれない。なんだかカインお兄様がうらやましくなって来たぞ。

「ねえ、ワイバーンの話、教えてよ」

「クロエ、それは構わないですけど、聞きたくない人もいると思いますよ」

チラリとロザリアとキャロを見た。ロザリアは青い顔をしているが、キャロはそうでもなかった。

いや、むしろ聞きたそうな顔をしている。

「ユリウス、話してあげなよ」

そう言うと、カインお兄様は少し離れた場所にあるソファーへロザリアを連れていった。ロザリアも聞きたくなかったのだろう。何も言わずにカインお兄様についていった。

テーブルに残ったのが三人になったところで、ワイバーンに襲われた話をした。

「ウインドブレードですって？　よくそんな高位の魔法が使えたわね。あきれたわ」

クロエが首を振ってため息をついている。その一方でキャロは無反応だった。俺が詠唱なしでキャロの知らない魔法を使ったので、そのくらいはできて当然と思っているのかもしれない。

「ねえ、他にもすごい魔法が使えたりするの？」

「すごい魔法……例えばどんな魔法ですか？」

しまったなー。こんなことになるならもっと魔法のことを調べておけばよかった。よくも悪くも、魔法薬のことしか考えてなかったので、それ以外の情報収集を完全に怠っていた。これからは魔法も魔道具のことも調べておいた方がいいかもしれない。

「そうね……ファイヤーランスとかは？」

「たぶん使えるかなぁ……？」

「たぶんって……なんで自分で使える魔法が分からないのよ！」

「魔法の先生はいるけど、初級魔法しか習ってないのですよ。〝初級魔法を流れるように使えるようになりなさい〟ってね」

俺はお手上げとばかりに両手をあげた。ウソではない。本当に先生はそう言って、ひたすら初級魔法を使わせるのだ。

「あー、やっぱりどこもそうなのね。私もよ」

「え？　王家でもそうなのですか？」

「なんでも、初級魔法を何度も使うことで、魔法のコントロールがうまくなるそうよ。それができないと中級魔法は教えられないって」

なるほどね。確かに子供がより強力な中級魔法を使って、仮にその制御を誤ったら、とんでもない被害が出るかもしれないからね。

「それで、どうやって高位の魔法を覚えたの？　キャロも気になるわよね？」

うっわ、クロエが悪そうな顔をしている！　キャロを味方につけるつもりだな。ずるいぞ。

「え？　確かに気になりますけど……ユリウスにも人には言えない秘密があるんじゃないでしょうか？」

チラリとこちらを見るキャロ。その顔には〝二人だけの秘密だよ〟とハッキリと書かれていた。これは完全に弱みを握られてしまったやつだな。

クロエの眉間にシワが寄った。その目が疑うようなジットリとした目つきになっている。クロエの顔には〝怪しい〟と書いてあるような気がした。

「ふ～ん、なるほどね～。私は知りたいなぁ、ユリウスの秘密」

「だれにだって人には言えない秘密がいくつかあるものですよ。クロエにもあるんじゃないですか？」

俺の言葉に〝う～ん〟と考え込むクロエ。王族にだって言えない秘密の一つや二つ、あってもおかしくないだろう。

「そうね、あるかもしれないわ。でもあなたたち、何か私に隠してない？」

「だから秘密の一つや二つくらい……」

「そうじゃなくて、二人だけで秘密を共有してないかしら？」

う、鋭い！　どうして女の子はこんなに鋭いんだ。どうしよう。思わずキャロの方を見ると目が合った。その光景を敏感に察知したクロエ。

「ま、まさかあなたたち、私の知らないところで、キ、キスを？」

「してないから！」

想像力がやけに豊かだな、おい。いや、豊かすぎるぞ。クロエがいつもそんなことを考えているんじゃないかと邪推してしまうぞ？

「お兄様！」

クロエの発言が聞こえたのか、ロザリアが飛んできた。その目はすでにつり上がっている。とんだ誤解だ！

「本当にそんなことしてないから。あんなに人がたくさんいるところでキスなんてできるわけないでしょう？」

「ふ～ん。それじゃ、人がいないところならキスをしたのかしら？」

「お兄様！」

アカン。これは言葉が全然通じないパターンだ。完全に変なスイッチが入っている。キャロはその光景を想像したのか、真っ赤な顔をしてうつむいている。

キャロ、それはやりましたって言っているようなものだぞ!

「だから違うって。婚約者でもない人にそんなことできるわけないじゃないですか。クロエだって、そんなふしだらなことしないでしょう？」

「……相手によってはするかも？」

「クロエ、恋愛小説の読みすぎ。もっと色んな本を読むことをお勧めしますよ」

だれだクロエにそんな本ばかり勧めたやつ。……ダニエラ嬢かな？　ありえそうだぞ。

王族は基本的に政略結婚になる。だから恋愛に憧れるのはしょうがないのかもしれないけど、恋愛小説の内容をそのまま鵜呑《うの》みにするのはよくないと思う。

図星だったのか、うつむくクロエ。ちょっとかわいそうだが、あらぬ誤解を生むよりかはずっとマシである。俺とキャロがいつの間にかそんな関係に！　なんてウワサされると、お互いに困ることになるだろう。

貴族社会は大人のウワサだけでなく、子供のウワサもすごい勢いで広まっていくのだ。アレックスお兄様とダニエラ嬢、ヒルダ嬢の関係も、すぐに広まるだろう。いや、両親がハイネ辺境伯を訪れたということは、すでに広まっているのかもしれない。

気まずい空気になったところで、それぞれの両親が迎えに来た。俺たちはそのまま玄関まで見送った。

夕食時のダイニングルームには疲れた顔がそろっていた。さすがの両親も疲れているようで、みんな無言で夕食を食べている。

「久しぶりにこちらに来てみたら、みんなずいぶんと疲れておるな」

おじい様が笑っている。当主の座をお父様に譲ったおじい様は、おばあ様と一緒に別館で優雅な隠居暮らしを送っている。国王陛下がいらっしゃったのに顔を見せなかったところを見ると、おじい様の少し早い引退は、色んなしがらみから逃れたかったからなのかもしれない。性格が豪快なおじい様だけに。

「ええ、さすがに国王陛下がいらっしゃれば気をつかいますよ」

「ハッハッハ、まだまだ経験が足らんな。アレックスは気になる女の子は見つかったかな？」

突然のおじい様の振りに、アレックスお兄様がゴホゴホとせき込んだ。どうやらあまり突《つつ》かれたくなかったらしい。

「そ、それが、その……」

「ハッハッハ！　煮え切らん返事だな。まあ、あせることはない。運命の相手など、そう簡単に見つかるものでもないし、見つかってもどうにもならんことが多いからな」

基本的に長男は政略結婚になるからね。アレックスお兄様もそれに従うはずだ。そして次男以下はどうなるかは分からない。

「カインとユリウスはどうだ？」

「私はまだ……」

「私もまだです」

苦笑いするカインお兄様に対して、俺はキッパリと言い切った。ここで言いよどめば、ロザリアがまた嫉妬する。そうなれば、ロザリアがどんな行動を起こすか分からない。

俺の風呂に突撃してくる？　それとも、俺のベッドに忍び込もうとする？　どちらにしても、ロザリアの取り扱いが非常に面倒なことになる。

「あれ？　ユリウスには気になる子がいるんじゃないかな？」

俺の即答に異議をとなえるアレックスお兄様。どうして俺を巻き込むんだ。そんなに仲間が欲しいのか？　やられっぱなしでは終わらんぞー！

「いえいえ、アレックスお兄様にはかないませんよ。アレックスお兄様は両手に花みたいでうらやましいですね。どちらを選ぶおつもりですか？」

「なな、何を言っているのかな、ユリウス。選ぶなんてとんでもない。私は選んでもらう方だよ」

「なんだなんだ、ワシの孫は女一人選べんのか？　選べないなら、二人でも、三人でも構わないんだぞ？」

ガッハッハと笑うおじい様がピタリと笑いを止めた。なんだか周囲の空気が氷点下まで下がったような気がする。

おばあ様だ。おばあ様が針のように細くした目でおじい様を見ている。

「何かおっしゃいましたか？」

「あー、なんだ、その……しっかりと相手を見極めるのだぞ。ワシの妻のように、しっかり者を選んだ方が頼りがいがあっていいぞ。特にアレックスは、将来このハイネ辺境伯家を継ぐことになるのだ。共に支え合える人を妻に選んだ方がいい」

チラチラとおばあ様を確認するおじい様。おばあ様の発する冷気が弱まった。どうやらなんとか及第点をもらうことができたようである。

何歳になっても、女性は怖い。男性陣が震えているのは寒さのせいだけではないだろう。その後は再び静かな食事になった。

食事が終わり、風呂にも入った。あとは寝るだけである。

それにしても今日はドッと疲れたな。国王陛下の存在があるだけで、あれだけ神経がすり減ることになるとは思わなかった。

神経がすり減ると言えば、クロエとキャロとの関係もそうだな。二人が俺のことをどう思っているのかは分からないが、ありがたいことに、嫌われてはいないようだ。むしろその逆に、好意を寄せられていると思う。それだけに厄介だ。

俺の描いている壮大な未来予想図では、結婚するなら庶民だと思っている。

そもそも俺自身が成人すれば庶民になるのだ。もしも貴族の娘を嫁にもらうことになれば、相手が苦労することになるだろう。

それを回避するために、貴族の一人娘のところに婿養子に入るという手もあるが……俺が辺境伯の息子であるため、相手の貴族が萎縮する可能性がある。従って、結婚するなら庶民で、ということになる。

そんなわけで、王族のクロエや、侯爵家のキャロと結婚するわけにはいかないのだ。俺には二人が庶民の生活をできるとはとても思えない。

「お兄様ー」

コンコンとノックが聞こえた。妹のロザリアだ。ドアを開けてあげるとトコトコと入ってきて、ベッドの上に座った。

「どうしたんだ、ロザリア？」

「お兄様、キャロお姉様とキスしたんですか？」

「してないから」

俺は天を仰いだ。どうやら妹も想像力が豊かなようである。いや、これはクロエが悪いのかもしれない。おのれ。

「さっきも言ったように、婚約者でもない人にそんなふしだらなことはしないから」

「それではお兄様、妹ならどうですか？」

「え？」

何を言っているんだ、俺の妹は。まあ家族なら、ほっぺにチューくらいはするのかな？　でも確かに、小説なんかではほっぺたにあいさつ代わりにしてるよね。

「あり、なのかな？」

「絵本にも書いてありましたよ」

「え、そうだっけ？」

そんな絵本、あったかなー？　あいさつのキスを交わすシーン。昔の記憶とゴチャゴチャになっているのでハッキリしないな。

「お父様とお母様も寝る前にキスをしてました」

「あー、確かに」

まだ俺が小さくて、両親と同じ部屋で寝ていたころ、そんなことしていたような気がするな。その後ギシギシベッドがきしみ出したので、慌ててベッドに潜り込んだけど。

「だから大丈夫なのです！」

ロザリアが確信に満ちた顔でこちらを向いている。家族だし、妹だし、大丈夫かな？

「分かったよ。お休み、ロザリア」

そう言ってロザリアのプニプニのほっぺたに軽くキスをした。ほっぺたを両手で押さえるロザリア。なんだかかわいいぞ。さすがは俺の妹だ。

「私からもしてあげます！」

俺の返事を待つこともなく、俺のほっぺたにキスをするロザリア。

俺たち兄妹だから大丈夫だよね？


それからの日々はクロエが遊びに来たり、キャロが遊びに来たりといった日々だった。

もちろん、二人が来ないときは、ジャイルとクリストファーを連れて街を回ったり、ファビエンヌ嬢やエドワード君と交流を深めたりしていた。

エドワード君からは、クロエとキャロのことをうらやましがられたが、自分が三男では、相手が苦労すると言うと〝そうだよね〟という顔になった。

エドワード君は長男なので、結婚相手を苦労させることはなさそうである。

そうこうしているうちに、夏休みシーズンが終わりを告げた。夏が終われば社交界のシーズンである。避暑のためにハイネ辺境伯領を訪れていた貴族たちは足早に自分の領地へと帰っていった。

当然、クロエとキャロも自分の屋敷へと帰ることになる。何だかんだで仲よくなったクロエとキャロは別れを惜しんでいるようだったが、社交界シーズンにはキャロも両親と一緒に王都に行くらしい。また会えると分かって、クロエは喜んでいた。

「ユリウスも王都に来るのよね？」

「いや、行かないです」

「なんで？」

「なんでと言われましても……ハイネ辺境伯家では王都に行く人が決まっているのですよ。特に用がなければ王都に行くことはないですね」

「私に会いに行くって言えばいいじゃない」

「いや、それはちょっと」

「なんで断るのよ！」

クロエがキーキー言っているが、さすがにそれは無理だろう。俺とクロエがそのような関係があるように見られてしまう。

ただでさえ、アレックスお兄様の婚約者候補として、クロエの姉のダニエラ嬢が有力候補なのだ。そこにさらにクロエと俺が婚約したら、いくらなんでもハイネ辺境伯家と王家との関係が強くなりすぎる。

それに、王家としてもハイネ辺境伯家としても、縁を結ぶなら一組で十分だ。他の駒は別の用途に使いたいと思うだろう。隣国とのつながりを強くするのもよし、流通の要所を押さえるのもよし。

でもこれをクロエに言ったらあまりにもかわいそうだよな。さすがに言えない。

「ロザリアがハイネ辺境伯家に残るのですよ。妹一人を置いていくわけにはいきません」

「ロザリアちゃんも一緒に来ればいいじゃない」

「まだロザリアは六歳ですよ？　王都に行っても何もすることがないと思いますよ。それならハイネ辺境伯領にいた方が、勉強もできますし、友達もいますからね」

ロザリアにも当然、俺で言うところの、ジャイルとクリストファーのような人物がいる。その子たちとの交流もあるのだ。一緒に遊んだり、勉強したり。領地にいればやることはたくさんある。

「そうなのね。残念だわ」

残念そうにしているクロエには悪いが、俺は王都にはあまり興味がないんだ。むしろ王都に行けば、クロエに王城に呼び出されるんじゃないかと思っている。たぶんクロエならそれをするだろう。

そんなわけで、なんとか王都行きを回避することに成功した俺は、ロザリアと一緒にハイネ辺境伯領に残ることになった。

カインお兄様についてだが、今年もお父様たちと一緒に王都に行くことになっている。

なんと来年から王都の学園に通うことをお父様に許されたらしい。いつの間にそんなことに。

詳しく聞いてみると、どうやら俺が発案した競馬でかなりの収益をあげているらしい。ハイネ辺境伯領を訪れる人の数が増えて、領内にお金が入ってくるようになった。それによって税収も過去最高額をたたき出してたそうである。

そんなわけで、お金に余裕ができた。そのため、カインお兄様も王都の学園に通うことが許されたのだ。カインお兄様からはもちろん感謝された。

この分だと、ユリウスも王都の学園に入学できるんじゃないか？　とカインお兄様に言われたが、丁重にお断りした。

別に王都の学園に行く必要はない。領都の学園でも魔法薬を教えてくれるのだ。

王都の学園の、魔法薬の授業内容とそれほど変わらないだろう。それならば、わざわざ高い授業料を払ってまで行く必要はない。

カインお兄様は王都での一人暮らしに憧れているようだが、俺はすでに経験ずみだからな。そしてその経験から〝身の回りのことはだれかにしてもらった方がいい〟という結論にいたった。今の境遇に何の不満もないのだ。

お願いすれば必要な物は買ってきてもらえるし、部屋の掃除もしてくれる。サロンに行けば、お茶の用意もしてくれる。最高じゃないか。なぜ、嫌がるのか。

それに将来は自分一人で何もかもすることになるのだ。それまでは今の生活を満喫したい。

第十一話　二人で仲よくお留守番

王都へ向かうハイネ辺境伯家のメンバーが玄関の前に集まった。今年は一昨年と同じように、俺と妹のロザリア以外が王都へと向かうことになっている。

もちろん、魔法薬の権威であるおばあ様も、他の魔法薬師と交流するために王都へ向かう。なんでも、王都に弟子がいるらしいのだ。最近初めて知った。

家族との別れは名残惜しいが、貴族としての義務でもあるので仕方がない。それぞれあいさつを交わすと、両親たちは王都へ向かって出発した。

「やったぞ、これで俺は自由だ！」

思わず歓喜の声をあげてしまった。夏休みシーズンは本当に忙しかった。魔法薬の研究や、新たな魔道具の開発をするひまがほとんどなかったのだ。

それに今年の社交界シーズンは去年と違うところがある。

これまで、おばあ様が魔法薬を作る調合室はハイネ辺境伯の本館にしかなかった。

だが、俺に気をつかったお父様が、おばあ様が住んでいる別館に同じ部屋を用意したのだ。

それによって、本館の調合室は、今ではほとんど使われていない。もちろん、各種道具はそのままである。

つまり、人が見ていなければ、その部屋を自由に使っていいということになるのだ。

これで社交界シーズンの間だけは魔法薬の研究を存分にすることができる。ほんの数ヶ月だが、ないよりはずっとマシである。俺が王都行きを拒んだのにはそういった理由があった。

俺は次の日からその部屋にこもって研究に集中しようとした。しかし、ロザリアがそれを許さなかった。

「お兄様、何をコソコソしているのですか?」

「コソコソなんてしてないよ?」

「ウソです」

「ウソじゃないです」

女の勘により何かを察知したロザリアが俺につきまとった。うーん、これでは研究することができないぞ。ここはいっそ、妹に暴露して、秘密にしてもらった方がよいのではなかろうか?

ロザリアがいないすきをついて作業するにしても、いつ妹が襲撃してくるのかとビクビクすることになる。それでは効率が悪すぎる。

俺はそのことを騎士団長のライオネルに相談した。

「……というわけなんだ。どう思う?」

「そうですな、遅かれ早かれ、ロザリア様にもバレるのなら、話しても差し支えないかと思います。

ロザリア様ももう六歳になりました。秘密にすることは可能かと」

ライオネルの意見も俺と同じようだ。それなら教えてもいいかな？

一番知られてまずいのはおばあ様である。おばあ様は高位の魔法薬師なので、魔法薬師としての規則については他のだれよりも厳しいのだ。それは以前、俺の助言をまるで受け入れなかったことからも分かる。

ロザリアをサロンに呼び出した。もちろん、使用人たちには出ていってもらってる。いつもとは違う雰囲気の俺に、ロザリアのかわいらしい顔がこわばっている。

「ロザリアに秘密にしてほしい話があるんだ」

「なんでしょうか？」

こうして俺はロザリアに自分がひそかに魔法薬を作って騎士団に提供していること、社交界シーズンに魔法薬の研究をしたいと思っていることを伝えた。

「どうかな？　秘密にできるかな？」

「分かりましたわ。でも、一つお願いがあります。お兄様が魔法薬を作っているところを見ていてもいいですか？」

「もちろん構わないよ。面白くないかもしれないけどね」

「そんなことはありませんわ」

こうしてロザリアとの間で秘密の契約ができあがった。これでようやく魔法薬を作れるようになるぞ。そこでさっそく、ロザリアを連れて魔法薬の作製に取りかかった。

自分の部屋から保存用容器を持ってくると、ササッと準備を始めた。待ってたぜ、このときをよ！

「これが魔法薬になるのですね」

不思議そうに保存用容器の中にある素材をロザリアが見ている。その様子を見るに、おばあ様が魔法薬を作っているところは見たことがないんだろうな。まあ、見なくてよかったと思う。もし見ていたら、魔法薬を嫌いになっていたのは間違いない。

「そうだよ。これは薬草で、こっちが毒消草、そっちは魔力草だね」

「お兄様は物知りですね！」

「これくらいは植物図鑑に載っているよ。気になるなら書庫に行ってみるといいよ」

絵本は読むけど、図鑑は読んでいないみたいだな。魔物図鑑とか、鉱石図鑑とか、子供でも楽しめる図鑑が結構あるんだけどね。ロザリアには豊かな人生を歩んでもらいたい。今度、色んな図鑑を持っていってあげよう。

話しながらもテキパキと道具の準備をする。まずは乳鉢で素材を粉砕するところからだな。乾燥はすでにすませてある。さすがにロザリアの前で『乾燥』スキルを使うわけにはいかない。どうやってやったのかと聞かれると、非常にまずい。スキルは教えられないからね。

「お兄様、この葉っぱはどこで見つけてきたのですか？」

「それはね、庭に秘密のお花畑があるんだよ」

「私も行ってみたいです！」

「そっか、それじゃ今度連れていってあげるよ。その場所も秘密だからね？」

「はい、秘密です！」

そう言って小さな口に人差し指を当てた。うん、今日もかわいいな、俺の妹は。

そんな妹をニヨニヨとした表情で見ながら、乳鉢でゴリゴリと粉末にしていく。素材を粉末にしたところで水を持ってきた。

これはただ井戸からくみ上げた水なので、品質は普通だ。それをアップグレードするために、ホコリだらけの蒸留装置を組み立てる。

「よしよし、これで大丈夫そうだな」

「お兄様、それは？」

「これはね、水をキレイにする道具だよ」

「水をキレイに？」

首をちょこんとかしげるかわいい妹。井戸水でも十分にキレイだけど、それをさらにキレイにすると言われても、わけが分からないのかもしれない。

「そうだよ、見ててごらん」

そう言って井戸からくみ上げた水を加熱した。熱源は特殊な形をした魔道具のコンロだ。魔法薬を作るための専用の魔道具であり、一般的には販売されていないはずだ。料理をするにも、魔物を攻撃するにも、炎が小さすぎるからね。

しばらくすると、水蒸気になった水が再び水となり、隣に用意した容器に少しずつたまっていった。その様子をジッとロザリアが見つめている。どうやらずいぶんと興味を持ったみたいだ。

「これは魔法とは違うのですか？」

「そうだね、これは物理現象だよ」

「物理現象？」

「フフフ、ロザリアにはまだ難しい話だね。大きくなったら教えてあげるよ」

子供扱いされたと思ったのか、ムッとするロザリア。その頭をなでてあげる。

「約束ですよ」

「約束する」

なんとか機嫌は直ったようである。ロザリアは飽きることなくその様子を見つめていた。

できあがった蒸留水を『鑑定』スキルで確認する。

蒸留水：最高品質。

フム、どうやらこの蒸留装置の性能は問題ないみたいだな。ただし、本来冷却管がある部分がないため効率はあまりよくない。コップいっぱいの蒸留水を作るのにこれだけ時間がかかるとは思わなかった。

この蒸留装置が分解された状態でホコリを被っていた理由がなんとなく分かった。恐らく使われていなかったのだろう。

そうなると、おばあ様は井戸からくんできた品質が普通の水を、そのまま魔法薬の素材として使っていたことになる。

たぶん、蒸留した水を使っても、井戸水を使っても、完成した魔法薬は最低品質だったのだろう。結果が変わらないなら、わざわざ時間をかけて蒸留水を用意する必要はない。

「はぁ、これは蒸留装置の改良が必要だな」

「お兄様、失敗したのですか？」

「違うよ。うまくいったよ。ただ、もっとこの装置をパワーアップさせることができるな、と思ってね」

「新しい魔道具を作るのですね。私にも魔道具の作り方を教えて下さい！」

目を輝かせてこちらを見るロザリア。どうやら俺が〝お星様の魔道具〟を与えてから、魔道具に興味を持ったようである。

せっかく興味を持ってくれたことだし、手ほどきくらいはしてもいいかな？　だがその前に、目の前の作業を終わらせなければならない。

「分かったよ。特別にロザリアにも魔道具の作り方を教えてあげよう」

「ありがとう、お兄様！　お兄様、大好き！」

そう言ってロザリアが抱きついてきた。うん、いいな、これ。シスコンになりそうだ。ロザリアの頭をひとしきりなでると次の作業に取りかかった。

まずは回復薬からだ。引き続き、蒸留装置を動かしながら次の工程へと進む。

片手鍋に蒸留水を入れて加熱する。ある程度温めたところで、そこに先ほど粉末にした薬草を入れる。それを沸騰しないように気をつけながら加熱していく。

溶液がだんだんと緑色を帯びてきた。

「お兄様、今は何を作っているのですか？」

「これはね、初級回復薬だよ。擦り傷だけじゃなくて、ちょっと深い傷も治してくれるんだよ」

「おいしいのですか？」

「んー、味はしないかな？」

「それならおいしい方がいいです！」

なるほどね。おいしい方がいいか。それならちょっと手を加えて、飲みやすい清涼飲料水のようにしてみるかな。緑色なので、見た目は野菜を飲んでいるみたいだけどね。

火を止めたところで一度ろ過し、不純物を取り除く。

その後、再び片手鍋に戻して、弱火にかけながらハッカを少し加える。それから甘さを出すために、砂糖と塩を加えて味を調える。

何度も味見して、慎重に味を調えていった。

「よし、これなら大丈夫だな」

初級回復薬：高品質。傷を治す。効果（小）。爽やかなのどごし。ほんのり甘い。

鑑定結果もよさそうである。あとはこれを飲んだ騎士団の感想を聞いてから、本格的に採用するかどうかを決めよう。

「お兄様、私も味見してみたいです」

「ちょっとだけだよ」

スプーンで一口飲ませてあげた。間接キッスになるが、たぶん、ロザリアは気にしないだろう。大丈夫、だよね？

「なんだかスッとします」

「飲みやすかった？」

「はい」

フム、どうやら子供でも飲みやすい初級回復薬ができたみたいである。将来的に、子供用に売り出すのもいいかもしれないな。

次に着手したのは新しい魔法薬である。素材は調理場で調達してきた各種香辛料だ。これも魔法薬の素材として使える物があるのだ。

今回作ろうと思っているのは体力回復薬。ゲーム内では必須のアイテムだったのだが、どうもこの世界にはないみたいなのだ。

ライオネルに尋ねても〝そんな魔法薬は聞いたことがない〟とのことだった。あれば便利なのになぁ。そんなわけで、今回はその魔法薬を作って、騎士団で試しに使ってもらおうという算段だ。

片手鍋に蒸留水を入れて、唐辛子とニンニク、薬草を入れて煮込んでいく。片手鍋から刺激臭が発生し、ロザリアのかわいい顔がクシャクシャになった。

「ロザリア、無理して近くで見学しなくていいよ。少し離れていなさい」

「はい」

ロザリアは素直に従ってくれた。どうやら無理をしていたようである。子供なんだから、そんなに気をつかわなくてもいいのに。ロザリアが離れたのを確認して、作業の続きに入る。

ちなみに俺も目が痛くなってきたので、水魔法で目元を防御しながら作業を進めていた。

次に作るときまでには保護眼鏡《めがね》を作っておこうと思う。これはつらい。

もしかしてそのせいで体力回復薬が作られなくなったのかな？

それに加えてそんな苦労して作った体力回復薬が最低品質で、もはや毒みたいな品質だったら
……それってたぶん毒だよね？

なんとかできあがった赤い液体をろ過し、ビンに小分けにしていく。小分けした透明な赤い液体

を『鑑定』スキルで調べる。

初級体力回復薬：高品質。体力を取り戻す。効果（小）。からい。

予定通りの魔法薬が完成したがからい。こればかりはどうしようもないのかな？　試しにちょっと味見してみよう。

うん、飲めることには飲めるな。好んで飲むかと言われると、ちょっと首をひねることになりそうだけど。

とりあえず今日予定した分の魔法薬は完成した。あとはこれを騎士団に届けて、反応を見るだけだな。ちょうどよく実験台になってくれる人はいないかなー。

「ロザリア、今日の魔法薬作りは終わりだよ。さあ、サロンに戻ってお茶の時間にしよう」

「はい、お兄様！」

できあがった魔法薬を入れた木箱を抱えて廊下に出ると、いつの間にかライオネルがドアの前に立っていた。どうやらだれも入ってこないように見張っていてくれたようである。

ライオネルはすぐに俺が抱えていた木箱を持ってくれた。正直、助かる。ロザリアが手をつなぎたそうにしていたのだ。

「ユリウス様、この木箱の中身は？」

「騎士団への差し入れだよ。お茶の時間が終わったら説明しに行くから、それまで飲まないように」

「かしこまりました」

そう言ってライオネルは俺たちをサロンまで送り届けると、騎士団の宿舎がある方へと木箱を運んでいった。

サロンでロザリアと一緒にお茶を飲む。窓の外は夏が終わり、秋が急速に近づいてきている。早くも、温かいハーブティーがおいしい季節になってきた。お茶に使用しているハーブは俺が育てている薬草園から採取してきたものであり、その辺のハーブよりもずっと品質がよかった。

「お兄様はなんでもできるのですね」

どうやら先ほど見た、俺が魔法薬を作る姿が印象深かったようである。

「ものづくりに関してはちょっと自信があるかな？」

ロザリアの期待に満ちた目にちょっと強気になってしまった。魔法薬に関しては、神様からのお墨付きがあるので自信はある。

しかしそれ以外の、例えば魔道具作りなんかは、自分よりももっと優れた人がいるのではないかと思っている。

俺と同じように、神様から〝魔道具を発展させて下さい〟と頼まれてこの世界に来た人がいる可能性は十分にある。なぜなら、その魔法薬バージョンが俺だからだ。

うん、調子に乗るのはよくないな。自重しよう。

「私もついていってもいいですか？」

「騎士団の訓練場にかい？　たぶん大丈夫だと思うけど、あまり面白いところではないよ？」

こんなことを言ったら騎士団のみんなに怒られるかな？　でも、ほとんどハイネ辺境伯家の本館にいるロザリアにとっては、訓練場はキレイではないし、見て楽しいところはないと思う。

「お兄様が一緒だから大丈夫ですわ」

うーん、やけに高い俺への信頼感。俺がいても見どころが増えるわけではないぞ。だが、ついてくると言うのならしょうがないか。そろそろロザリアにも外の世界の現実を見せた方がいいかもしれないな。


お茶の時間が終わると、さっそく訓練場へと向かった。いつものように併設されている執務室に行くと、すでにライオネルが待っていた。飴色《あめいろ》のテーブルの上には先ほどの木箱が置かれている。

そこには他にも騎士の姿があった。俺たちが入ってきたのを見て、軽く目を見張った。

「こ、これはユリウス様にロザリア様。こんなところまで、ようこそお越し下さいました」

ロザリアも一緒に来たことに驚いている様子だ。一方のライオネルは特に気にした様子はなかった。たぶん、一緒に来ることを想定していたのだろう。

「ユリウス様、ロザリア様、どうぞおかけになって下さい。さっそくですが、この箱の中身がなんなのかを教えていただけませんか？」

いつもより優しい口調でライオネルが言った。恐らくあまり面識のないロザリアを怖がらせないようにしているのだろう。いくらライオネルがいかつい顔をしているからといっても、無条件で怖がられるのは嫌らしい。

「もちろんだよ。ライオネル、こいつを見てほしい」

そう言いながら、箱の中から緑の魔法薬と、赤の魔法薬を取り出した。それを見たライオネルが片方の眉を器用にあげる。

「これは……初級回復薬ですな。こちらの赤い魔法薬はなんでしょうか？」

「初級回復薬はロザリアの希望で飲みやすいように味を変えてみたよ。この赤いのは初級体力回復薬だ。素材の都合上、ちょっとからくなったから飲みにくいかもしれない」

「初級体力回復薬……」

ライオネルは初級体力回復薬を手に取ると、マジマジとそれを確認していた。

初めて見る魔法薬なのだろうが、効果が気になるようである。期待と不安が入り交じったような複雑な顔をしていた。

「それで、だれか実験台……じゃなくて、試しに使ってくれそうな人はいないかな？」

「フム、初級回復薬なら、ただいま実戦訓練を行っていますので、使う機会があると思います。初級体力回復薬につきましては……どのような効果があるのですか？」

「おっと、そうだった。初級体力回復薬を飲むと、体力が回復して元気になるんだよ。だから、だれか疲れた人に試してもらいたいと思っているよ」

「それでしたら……」

そう言ってライオネルは後ろを向いた。ライオネルが言わんとしていることに気がついた騎士の目が大きく見開かれる。

「ええ！　私ですか？　えっと、あの」

断りたいが断れない。明らかにうろたえていた。これ、パワハラ案件なんじゃないかな？　でも残念なことに、この世界にはそんな思想は存在しない。目をつけられたらやるしかないのだ。

「最近、疲れた疲れたと毎日ぼやいていただろう？　これを飲めば疲れが取れるようだし、試してみてはどうかね？」

「わ、分かりましたよ……」

渋々といった体《てい》で赤色の液体が入ったビンを手に取る。ゴクリと唾を飲む音が聞こえたような気がした。

実験台に指名された騎士は恐る恐るビンのフタを開けると、匂いを嗅いだ。顔が少しゆがんだが、以前の魔法薬に比べたら、ずっとマシなはずである。臭さ耐性が思わぬところで助けになったな。

「それでは、いただきます」

グッと腕に力がこもったかと思うと、目をつぶって一気に飲み干した。顔がゆがんだ。

「か、からい！　でも飲むことはできますね。あれ？　なんだか体がスッキリとしてきたような……

頭も霧が晴れたようにスッキリしてきました！　フオオオオオ！」

妙な雄たけびをあげ始めた。先ほどよりも明らかに顔色がよくなっている。なんだか分からないが、目がギラギラしている。

「団長！　これは団長も飲むべきです！　言ってましたよね？　最近、年のせいか疲れが取れにくくなってきたって。ほら、団長も飲んで、ほら！」

グイグイとライオネルに初級体力回復薬を押しつけ始めた。どうやらテンションも一緒に上昇したようである。完全に一人無礼講状態になっている。

「分かった、分かったから落ち着け！　まったく、ここまで元気になるとは……それでは私も試しに飲んでみるとしましょう」

そう言うとライオネルは先ほどの騎士と同じような顔をして初級体力回復薬を飲み干した。

「……これは！」

ライオネルが若返ったかと思うほどに、表情が生き生きとし始めた。どうやらライオネルも日頃から疲れが蓄積していたようである。年のせいで疲れが取れないと言っていたのは、あながち間違いではなかったのかもしれない。

さすがに叫びはしなかったが、元気よく高速スクワットを始めた。大丈夫かな、これ？

元気になった二人は活発に議論を交わし始めた。

「これは素晴らしい。任務で何日も野営する必要があるときにこの魔法薬があれば、騎士団の士気を落とすことなく任務を遂行できるぞ」

「そうですね。体力の消耗で隊列から遅れ始めた騎士に飲ませれば、隊列を乱すことなく目的地にたどり着けますよ」

うんうんと二人がうなずき合っている。どうやら体力回復薬の出番はありそうだな。素材も簡単に入手できるし、作っておいて損はないだろう。

「ただ、この味を苦手とする人がいるかもしれませんね」

「確かにな。以前の魔法薬と比べるまでもないが、それでももう少し飲みやすい方がいいかもしれんな」

どうやら問題は味だけのようである。それならからみ成分だけを抽出してみようかな？　うまくいけば、効果はそのままに、からみだけを取り除くことができるかもしれない。

そうだ、元気ハツラツ的な炭酸飲料にしてみてはどうかな？　それならのどごしも爽やかだし、〝一本いっとく？〟って、気軽に飲めるようになるかもしれない。

ライオネルたちに連れられて執務室から出ると、次は実戦訓練中の場所へとやってきた。せっかくなので、ロザリアと一緒に見学させてもらうことにした。

訓練場に設置されている、屋根つきの小さな見学席に座って眼下を眺めた。

そこでは何人もの騎士たちが集団戦を行っており、土煙と、怒号が飛び交っていた。まさに戦場のような光景である。それを見たロザリアが腕にしがみついてきた。

「怖いかい？　ハイネ辺境伯の騎士たちはこうやって戦うことがあるんだよ。魔物と戦うのはもちろんのこと、こんな風に人間同士で戦うこともあるんだ」

「どうして人間同士で戦うことになるのですか？」

「それはね、人間には欲があるからだよ。あれが欲しい、これが欲しい。あの人に言うことを聞かせたい、お金が欲しい。そんな欲が強くなりすぎると人間同士が争うことになるんだよ」

ロザリアに伝わったかどうかは分からなかったが、真剣な表情で訓練の様子を見ていた。

しばらくすると、休憩に入ったようである。バラバラと休憩場所に入っていく。その中の何人かは医務室へと向かっていった。これは新しい味の初級回復薬を試すチャンス。

「ロザリア、ちょっと医務室に行ってくるよ」

「私も行きますわ」

俺の腕をつかんだまま、離すつもりはなさそうだったので、そのまま連れていくことにした。ひどいケガをした人はいないみたいだったし、ロザリアのトラウマになるような光景は広がっていないだろう。

医務室にたどり着く。ちょっとムッとした汗の匂いがした。あまり心地よいものではないな。ロザリアも顔をしかめている。

室内にはすでにライオネルと先ほどの騎士の姿があった。

「ユリウス様、いらっしゃると思ってましたよ」

「ユリウス様、いつでも準備ができてます」

やけにテンションの高い二人を見て、室内にいた騎士たちが首をかしげたり、顔を見合わせたりしている。

騎士が箱の中から、新しい味の初級回復薬を取り出した。

「これはユリウス様が新しく開発した、味つきの初級回復薬です！　どんな味なのか、楽しみですね！」

「効果は間違いないだろうから、味の感想をユリウス様に聞かせるように。それによっては、今後も騎士団で採用することになる。実に楽しみだ！」

なんだかテンションの高い二人に、〝何があったのか〟と作り笑顔を浮かべながら初級回復薬を受け取っていく騎士たち。

騎士たちが初級回復薬を飲むとどのような変化が起こるのかが気になるようで、ロザリアはまばたきもせずに見つめている。

騎士たちはフタを開けると匂いを嗅いだ。

「スッとする香りですね。これだけでも疲れた精神がほぐされそうです」

「確かにそうですね。それでは味を……これは！」

一口飲んだ騎士が驚きの声をあげ、そのまま飲み干した。他の騎士たちもお互いにうなずき合っている。

「ほんのり甘くて､体の中がスッとします。体の中にこもっていた熱が鎮まるような気がしますね」

「実に飲みやすいです。これまでの味のない初級回復薬でも十分に飲みやすかったのですが、この味を知ってしまうと、もう味のない初級回復薬では満足できないような気がします」

「私も同感です。これは飲みやすい。あとを引きそうだ」

医務室の中に笑い声が響いた。どうやら好評のようである。これなら今後はこの味の初級回復薬に切り替えていこうと思う。飲みやすいのなら、ちょっとしたケガでも魔法薬を使ってもらえるだろう。

早め早めにケガの治療ができれば、確実に騎士団の重傷者を減らすことができる。

「ユリウス様、どうやら好評のようですな。私も飲んでみたいところですが、それはケガを負ったときまで取っておくことにしましょう」

ライオネルがなかなか恐ろしいことを言っている。騎士団長がケガをする事態ということは、相当押されているときだけだろう。そんな日はなるべくなら来ない方がいいな。

「すごいですわ、お兄様！　初級回復薬を飲むと、ケガがすぐに治るのですね。これが魔法薬なのですね！」

初めて見る初級回復薬の効果にロザリアが興奮している。先ほどライオネルたちに使ってもらった初級体力回復薬は、その効果が少し分かりにくかったからね。

「そうだよ。これが魔法薬の優れたところさ」

そう言いながらロザリアの頭をなでてあげた。ロザリアが尊敬のまなざしでこちらを見ている。ちょっと照れくさいな。

「お前たち、ついでにこっちも試してもらおう。これは初級体力回復薬という魔法薬だ。もちろんユリウス様が作ったので効果は保証されている。我々も飲んだが、この通り元気だ！」

「初級体力回復薬？」

けげんそうに赤い飲み薬を見つめる騎士たち。拒否することはできないと思ったのか、それぞれ手に取った。

別に嫌なら嫌だと言ってもらっても構わないのだが……今でなくとも、疲れたときに飲んでもらえばいいだけだからね。

「それを飲むと疲れが一気に取れるぞ。だが、まだ試作段階だそうなので、味はからいぞ」

「からい……」

ちょっとためらいがあったものの、グイと飲み干した。先ほどのライオネルと同じように顔がゆがむ。

「確かにからい」

「問題なく飲めますが、先ほどの初級回復薬の味に比べるとちょっと……」

「味はこれから改良するから、そこは期待しておいてよ」

一応、フォローを入れておいた。うまくいくかどうかは分からないけどね。そしてすぐに騎士たちに変化が表れた。

「な、なんだこれは！　みなぎってきた！」

「フオオオオ！　力が、力があふれてくるみたいだ！」

「んんん！　素晴らしい！」

まずい、飲んだ騎士たちが変なテンションになっている。これはちょっと与えるのはやめた方がいいかもしれない。麻薬みたいな中毒性はないと思うけど、なんだか怖いぞ。

肌がツヤツヤになった騎士たちを見て、ロザリアが明らかにおびえている。腕にきつくしがみついてきた。

「そうだろう、そうだろう。ユリウス様、この初級体力回復薬も素晴らしい魔法薬ですぞ！」

「あ、ああ。そうみたいだね」

俺は微妙な顔をして笑うしかなかった。俺が味見したときはそうでもなかったのだが、もしかして疲れたときに飲むと、効果が強く表れるのかな？　これは色々と試してから提供した方がよさそうだぞ。

新しい味の初級回復薬も、新しい魔法薬の初級体力回復薬も、どちらも騎士団で採用されることになった。

最近疲れが取れなくて……と憂鬱そうに言っていた騎士が、初級体力回復薬を飲んでシャキッと元気ハツラツになったときには、この魔法薬を提供しても本当に大丈夫なのかと思ったくらいだ。

唯一の欠点である〝からい〟ということが抑止力となっているようで、みんなが試すと言い出さなかったのが幸いだった。もしかしたら、その抑止力のためにわざとからくしてあるのではなかろうか？

改良版は味をよくする代わりに、効果を少しだけ弱くしようと思う。さすがにあのハツラツとした集団は、怪しげな薬をキメている集団にしか見えない。試してよかった。

「お兄様、ここは匂いがよくないですわ」

ロザリアが眉にシワを寄せていた。俺はもう慣れているけど、小さな淑女であるロザリアにはきついようだ。だが、確かにロザリアが言うように、訓練場の清潔感はないと言えるだろう。

今も井戸からくんできた水をそのまま頭からかけて、体を清めている。井戸水が汚いとは言わないが、さすがに体を洗うわけではないので、匂いや汚れはそれなりにしか落ちないみたいだった。

「ロザリアの言う通りだね。それじゃ、騎士たちがサッパリするような魔道具を作ってみようかな？」

汗をかいたあとにサッパリするのならあれだろう。この魔道具があれば、体だけじゃなくて、髪を洗うことも、とっても楽になる。この世界の女性たちはみんな髪が長いからね。きっと女性陣からも喜んでもらえるはずだ。

「お兄様、見学してもいいですか？」

「それはまあいいけど……」

どうしよう。『クラフト』スキルを使うのはさすがにまずいよね？　それならハンマーでたたいて地道に作っていくしかないか。
次に作る魔道具が決まった俺は、ライオネルたちにあいさつをして屋敷へと戻った。

第十二話

快適な生活を求めて

夕食の時間までは魔道具作製タイムである。これから作る魔道具は無数の小さな穴から水が出る魔道具、シャワーだ。

まずは設計図からだな。これがないと、だれかに作ってもらうことができない。

俺の方針は〝自分に必要な分だけ作ったら、あとはだれかに丸投げする〟である。そのためにはどうしても設計図を描かなければいけないのだ。〝自分たちで分解して調べてね〟とすると、その魔道具がいつ量産されるのか分からない。その間、俺一人で作り続けるとか、ごめんである。

今回作ろうとしているシャワーの魔道具も、前回作った〝お星様の魔道具〟と同様に、ゲーム内では存在しなかった魔道具である。

ゲーム内に存在しない魔道具でも、ひらめきさえあれば作れることが判明したので、せっかくならみんなが喜んでくれる魔道具を作ろうと思っている。

机の上で設計図を描いていると、ロザリアがのぞき込んできた。邪魔したら悪いと思ったのか無言だ。

そういえば、ロザリアも魔道具に興味があるんだったな。簡単なランプの魔道具を作らせてみようかな？

「ロザリアも何か作ってみるかい？」

「いいんですか？」

「もちろんだよ。それならまずは一番の基本になるランプの魔道具から作ってみようか」

「やったぁ！」

光り輝くような笑顔を向けるロザリアの頭をなでて、必要な道具を用意した。

最近ロザリアの頭を無意識になでてしまうな。気をつけないと〝いつまでも子供扱いするな〟と言われかねない。そんなことを言われたら、お兄ちゃんショックで寝込んじゃいそう。

「これが魔導インクでこれが燃料になる魔石。それでこっちが入れ物を作るための鉄板だよ」

目をランランと輝かせてロザリアが見ている。これは以前からかなり興味があったみたいだな。淑女のする趣味ではないと教えられていたのかな？

そんなこと気にしなくていいのにと思うのは、俺が元々はこの世界の住人でないからだろうか。

「いいかい、ロザリア。この紙に描いてあるのと同じ模様を、この板に描くんだよ」

「分かりましたわ！」

元気よくそう答えると、すぐに模様と格闘し始めた。これが描けるようにならないと魔道具が作れないからね。頑張ってもらうとしよう。その間に俺はシャワーの設計図を描き終えてしまおう。

設計図が形になってきたころ、夕食の準備ができたと使用人が呼びに来た。

いつもはにぎやかな夕食も、今日からしばらくは二人だけ。ガランとしたダイニングルームが普段よりも広く感じてしまう。目の前に座っているロザリアも無言で食事をしていた。

ええい、ここで俺が哀愁に浸ってどうする。まだ社交界シーズンは始まったばかりだぞ。自分にそう言い聞かせた。

「ロザリア、魔法陣はうまく描けそうかな？」

「もう少しで完成しますわ。描けたら見てもらえますか？」

「もちろんだよ。最初からうまくいかないとは思うけど、根気よく続けるんだよ」

「はい。お兄様の方はどうなのですか？」

「もうすぐ設計図ができあがるよ。でも作るのは明日からになるかな？　ちょっとうるさくなるからね」

本当は夜のうちにコッソリと『クラフト』スキルを使って魔道具を作ろうかと思っていたのだが、それをするとロザリアがガッカリするだろうからやめた。ロザリアはきっと、俺がどうやって作るのかを見たいはずだからね。

それにロザリアが描いている魔法陣が完成すれば、ランプの魔道具を作ることができる。ついでにロザリアにもハンマーの使い方を教えてあげれば、一石二鳥である。

それからは二人で魔道具のことについて話しながら食事を続けた。

使用人はちょっとあきれた感じではあったが、何も言わずに見守ってくれた。

食事が終わるとお風呂タイムからの就寝である。おなかがこなれるまで、サロンでロザリアと一緒にのんびりと遊んでいると、お風呂の準備ができたと言われた。

「お兄様、一緒にお風呂に入りましょう」

「そうだね」

うん、そうなると思っていたよ。九歳と六歳。ギリギリ一緒にお風呂に入るのが許される年齢かな？　でもこのことがクロエやキャロに知れたら、面倒なことになるかもしれない。

変な目で見られるならまだいいが、自分たちも一緒にお風呂に入ると言いかねないからな。さすがにそれはまずい。

ロザリアと一緒にお風呂に入る。そのとき、ふと思った。

そういえば、水が出る魔法陣なんてあるのかな？　シャワーを作るためには必要な魔法陣だぞ。この世界に存在していなかったらどうしよう。

俺たちがお風呂に入るのを手伝ってくれている使用人に尋ねてみる。

「このお風呂のお湯ってどうやってためてるの？」

「お風呂のお湯は、お湯が出る魔道具を使っております」

「そんなのがあるんだ。高価な魔道具なのかな？」

「はい。貴族の中でも持っている家はあまりないかと思います」

存在はするが一般的ではないか。お風呂からあがったらその魔道具を見せてもらおう。ちょっと分解して中身を見せてもらえば、大体のことは分かるはずだ。

その構造次第ではシャワーの魔道具の設計を見直さなければいけないかもしれない。

「どうしたのですか、お兄様？」

「ああ、ちょっと魔道具のことでひらめいたことがあってね」

「うふふ、お兄様は本当に魔道具のことが好きなんですね」

「まあね……」

困ったな、個人的には魔道具よりも魔法薬を作る方が好きなんだけどな。まだ試していない素材もいくつかあるし、書庫にあった魔法薬素材図鑑には俺の知らない素材がいくつかあった。早く手に入れて試してみたいものだ。

体を洗い、十分に温まったところで、そろってお風呂から出た。タオルで体を拭いてから寝間着に着替えると、すぐに例のお湯の出る魔道具を見せてもらった。もちろんロザリアもついてきた。

「これがお風呂にお湯を入れる魔道具！　大きいな」

「こんなに大きな魔道具もあるのですね。すごいです！」

確かにすごいけど、持ち運びはできないし、ハッキリ言って邪魔だと思う。

だが、事前にこれを見ることができてよかった。当初の予定通り、シャワーヘッドから直接お湯が出る構造ではなく、これと似たような構造にした方が騒ぎにならなくてすむだろう。

これはこの世界にある魔道具をもっと調べるべきだな。魔法薬を作るのがメインだから、この世界の魔道具に対する知識はそれほど必要ないと思っていたが、どうやらそういうわけにもいかないらしい。気まぐれで作った魔道具が大騒動になるかもしれないのだ。

ゲーム内で普通に使われていた知識と技術を甘く見ていたな。危うく面倒なことになるところだった。

「ちょっと中を開けてみてもいいかな？」

「ええええ？　それはちょっと……」

使用人は渋った。それもそうか。九歳の子供が高価な魔道具を分解したいと言えば、そりゃそうなるよね。でも、なんとか説得しなければ。

「大丈夫、ちょっと外側を覆っている鉄板を外すだけだから。これでも俺は〝お星様の魔道具〟の製作者だから、魔道具の取り扱いには自信があるよ」

「分かりました。ですが、くれぐれも壊さないようにお願いします」

渋々ではあったがなんとか許可をもらうことができた。俺はさっそく外側の鉄板を外すと中をのぞいた。

フムフム、なるほど、なるほど。どうやら水が出る魔法陣と加熱する魔法陣はすでに存在しているようだ。これならなんとかなりそうだな。

「ありがとう。参考になったよ」

すぐに終わったので、使用人はキョトンとしていた。別に詳しい構造は必要ないのだ。どんな魔法陣が使われているのかさえ分かればよかったのだから。

一緒にのぞいたロザリアも不思議そうな顔をしていた。フフフ、さすがにまだ分からないだろうな。

部屋に戻った俺は設計図を描き直すことにした。先ほど見た魔道具と同じように、水をどこかにためておく方法に変更する。

持ち運べるように、小さなタンクに配管とシャワーをつなげよう。それなら遠征先でも使えるはずだ。どこでも使えるとなると人気が出そうだな。そうなったらすぐに設計図を魔道具師たちに売って、そっちで量産してもらおう。

「お兄様、なんだかうれしそうですね」

「うまくいきそうな気がしているからね」

思わずロザリアの頭をなでた。いかんな。ダメだと思っているのについなでてしまう。笑顔のロザリアを見ながら、自分のほほも緩んでいることに気がついた。本当に俺の妹はかわいい。

「お兄様、できましたわ」

先ほどから熱心に描き込んでいた魔法陣が完成したようだ。その顔には期待と不安が入り交じっている。

「どれどれ……うん、これなら問題なさそうだね。試しに明かりをともしてみようか」

「そんなことできるのですか？」

「そうだよ。ランプの形をしてなくても、光らせることはできるんだよ」

そう言って小さな魔石を取り出すと、魔法陣が描かれた鉄板の上に載せた。少しすると、ほんのりと魔法陣が光を放ち始めた。

「わ！　光りましたよ、お兄様！」

キャーキャーと手をたたき、跳んではしゃぎ出したロザリア。部屋にいたロザリア専属の使用人も目を見開いて、口元に手を当てて見ている。

魔法陣の精密さと、魔石の小ささで光量は弱いが、それでも立派な〝ランプの魔道具〟といえるだろう。

「よく頑張ったね、ロザリア。ランプの魔道具はこの魔法陣を元にして、もっと使いやすいように形を工夫して作った物なんだよ」

「そうだったのですね。それでは〝お星様の魔道具〟も？」

「うん。この魔法陣よりも、もっと光るようにして、お星様の模様が暗闇に浮かぶような入れ物に入れているだけだよ」

「そんなこともできるだなんて、魔道具ってすごいですね」

魔道具は考え方次第で色々な物が作れるからね。そこが面白いところなのかもしれない。魔法薬も同じだけどね。

興奮覚めやらぬロザリアをなだめるのが大変だったが、なんとか眠りにつかせることができた。

もちろんロザリアが寝ているのは俺のベッドである。どうやらみんなが王都へ行っている間は、俺と一緒に寝ることに決めているみたいだった。

両親にバレたら怒られそうな気がするんだけど、大丈夫かな？

翌日からさっそく騎士団の訓練場の衛生環境を改善するための行動を開始した。もちろんロザリアも一緒だ。

「ライオネル、こいつを見てくれ」

「これは……なんですかな？」

テーブルの上に置かれた設計図を見て、ライオネルが首をひねった。

「訓練場に体を洗う場所を作ろうと思っている」

「なるほど。井戸水で洗うだけではダメですか？」

「ダメじゃないけど、もうちょっと清潔にした方がいいと思ってね」

「なるほど」

うなずいてはいるものの、あまり納得はしていない様子。まあ確かに、必ずしも必要かと言われればそうでもないし、理解はされないかもしれないな。

「訓練場の匂いがよくないです」

「それは……」

ロザリアのストレートな物言いに、ライオネルが苦笑してる。たぶん〝どこの騎士団も同じ〟と言いたいんだろうな。しかしさすがにロザリアに言われたのが効いたのか、シャワールームの設置を認めてくれた。

「それではユリウス様、私はこれで。何かあればなんでも騎士たちに言って下さい」

「忙しいところをすまなかったな」

「とんでもありませんよ。ユリウス様にはお世話になりっぱなしですからね」

そう言ってライオネルが訓練場の方へと戻っていった。

まずはお湯が出る魔道具からだな。適当な大きさで四角い容器を作る。音がうるさいので、屋敷ではなく訓練場内にある建物の中で作らせてもらうことにした。

ガンガンとハンマーで鉄板をたたいていると、騎士たちがなんだなんだとやってきた。

だが、俺が何かを作っているのを見て察してくれたようで邪魔する人はいなかった。

理解されているのか、それとも〝またか〟と思われているのか。ちょっと気になるな。

ただの四角い容器を作るだけなので、すぐに完成した。その内側に水が出る魔法陣と加熱するための魔法陣を描き込んでいく。

その様子をロザリアが食い入るように見ていた。魔法陣が問題ないことを確認すると、外側に水量と温度調節のスイッチをつけた。これで試作品は完成である。

すぐに動作の確認を行った。

「うん、いい感じに温まっているぞ。これなら、よほどの高温のお湯を大量に出そうとしなければ十分機能するはずだ」

「水が温かいですわ。こんなに簡単に魔道具を作れるだなんて、お兄様はやっぱりすごいですわ」

「すでにある魔道具を参考にしているから、それほどすごい魔道具じゃないよ」

ロザリアが尊敬のまなざしで俺を見ていた。その視線にちょっと照れながら、次は配管とシャワーヘッドを作製する。

これで、給湯器、配管、シャワーヘッドが完成した。あとはこれをつなげて、動作を確認するだけである。

でもまだ建物がないんだよね。しょうがないので、騎士団に備蓄してある木材をちょっと使わせてもらって、シャワースタンドを作ることにした。

騎士たちに相談するとすぐに手伝ってくれた。どうやら騎士団での俺への信頼はずいぶんと高くなっているらしい。胃袋をつかむかのように、騎士団の魔法薬をつかんでいるようだ。

あっという間にシャワースタンドが完成した。さっそく給湯器に金属製の配管とシャワーヘッドを取り付ける。

金属製の配管なのでシャワーヘッドは固定である。樹脂素材があれば自在に動かせるタイプにしたのだが、この世界にまだないんだよね。あれがあれば色々と便利なのに。

現代科学がいかにすごいのかを改めて感じてしまった。樹脂素材を開発した人はすごい。

「よし完成だ。だれか試しに使ってみてもらえないかな？」

「それではせんえつながら我々が」

「よろしく頼むよ。遠慮なく意見を言ってほしい。それを元に改良するからさ」

「はい。お任せ下さい！」

先ほど木材を持ってきてくれた団員の人たちが名乗り出てくれた。

さっそくシャワーを使ってもらう。シャワーヘッドからは予定通り、お湯が出てきた。

「これはお湯ですか！　これはいい。冬でも使うことができますね。これからの季節にはありがたいです」

「そこのつまみを回すと、お湯が出る勢いを変えることができるぞ」

「これですか？　おお、これは気持ちいい！」

勢いを強くすると、腕の筋肉や肩に当てていた。

「マッサージにもなるかもしれないね。肩こりにも効いたりするのかな？」

「これは効きますよ。素晴らしい魔道具です」

「両手があくから、石けんで体を洗うことができると思うんだ」

石けんを渡してあげると、喜んで洗い出した。その喜びようからすると、石けんって貴重なのかな？　いつも使っているので気にしてなかったけど。

完成したばかりの簡易シャワースタンドで俺たちがワイワイと騒いでいると、それをどこからか聞きつけた女性騎士たちがやってきた。

我がハイネ辺境伯騎士団にも当然ながら女性の騎士がいるのだ。

「こ、これは一体！」

「もしかして、体を洗う設備ではないのかしら？」

「えええ！　お風呂……とは少し違うみたいですが」

集まった女性陣が興味津々でこちらをうかがっている。スッキリ爽やかになった男性陣がいい顔をしていた。

「ユリウス様、これは一体？」

「これはシャワーだよ。訓練後に汗を流してもらって、騎士団のみんなに清潔になってもらおうと思ってね」

「そのお話、詳しく」

グッと女性陣が寄ってきた。どうやら以前から匂いが気になっていた様子。

男性陣は井戸水をザブザブ頭からかぶるだけで何とも思わないのかもしれないが、女性陣はそうはいかなかったようである。

使い方を説明すると〝自分たちもぜひ使ってみたい〟と言われた。でもなぁ、囲いがないんだよね。どうしよう。仕方がないか。

「分かったよ。ちょっと待ってね」

俺はシャワースタンドの周りに、土魔法を使って壁を作った。これなら外からは中を見ることができない。入り口には即席で作った木の扉を取り付けた。『クラフト』スキル万歳だな。

「これでよし」

「なんと器用な……」

「土魔法をこれだけの精度で使えるとは、さすがユリウス様ですね」

ざわめく騎士たちに照れ笑いをしつつ、彼女たちに石けんを渡してさっそく使ってもらった。

予定では、男性用と女性用の二つのシャワールームを作るつもりだ。この場で女性陣からの話を聞けるのはありがたい。

土壁の向こうからは歓喜あふれる女性の声が聞こえてくる。

「ユリウス様、もうできあがったのですか？」

騒ぎを聞きつけたライオネルがやってきた。若干あきれ気味である。

「まだ試作段階だけどね。実際に使ってもらって、改善点を洗い出そうかと思ってね」

「団長、これは素晴らしい施設ですよ」

「その通りです。あとは石けんさえあれば……」

石けんか。高級品質でなければ簡単に作れるんだけどな。騎士団で使うだけなら、汚れが落ちればいいよね？

「石けんの作り方を教えてあげようか？」

「もしかして、作れるのですか？」

「う、うん。そんなに作り方は難しくないよ？」

なんだろう、やけに食いつきがいいな。油脂に灰汁《あく》を混ぜるだけなんだけどな。俺が作り方を教えると、騎士たちがさっそく材料を集め始めた。

どこからともなく集まってくる材料。本当にどこから持ってきた。

シャワーを浴びてスッキリした表情になった女性陣が出てきたときには、すでに怪しい集団が、怪しい物を作っていた。

「あの……何を作っているのですか？」

「石けんだよ。手に入りにくいみたいだったから、作ることにしたんだよ」

「石けんを、作る？」

疑問符を頭に浮かべていたが、作り方が気になるようで、しきりに観察していた。材料を混ぜ、加熱したものを四角い型に流し込む。

「あとはこれが固まれば石けんの完成だよ」

「こんなに簡単に作れるのですね」

「そうだよ。でも、汚れは落ちるけど、さっき渡した石けんのようないい匂いはしないよ。香りをつけようと思ったら、それなりに費用がかかるからね」

「汚れが落ちるだけで十分ですよ。完成するのが楽しみです」

型に流し込んだ石けんを大事そうに建物の中へと運んでいく騎士たち。なんだかますます怪しい集団になってしまった。

「そうだった、シャワーの使い勝手を聞かせてくれないかな？」

こうして集めた情報を元に、改良を施そうと思ったが、特に問題はないようだったので、追加で同じ物を三つほど作っておいた。ひとまずはこれで様子見だな。これでも数が足りなければ追加で作ろう。

ライオネルが気を利かせて呼んでくれたのだろう。その後にやってきた大工の親方たちとシャワールームの打ち合わせをする。屋敷に戻ってきたころにはすでに日が暮れかけていた。しかも服が結構汚れている。使用人たちからは当然、怒られた。これがもし、お母様たちがいるときだったらと思うと、思わず身震いしてしまった。

さすがに汚れたまま夕食をとるのはまずいと言われ、先にお風呂に入ることになった。昨日と同じく、ロザリアも一緒である。

屋敷のお風呂にもあったら便利だろうなと思って、急いで追加のシャワーを作る。

そのかいあって、ロザリアはとても喜んでくれた。

「お兄様、これがあれば、髪を洗うのがとても楽になりますわ」

髪にシャワーでお湯をかけながらロザリアが笑っている。これまでは何度もお湯を頭からかけられたり、髪をお湯につけたりして大変そうだったもんね。

「確かにそうだね。それなら、このままお風呂に設置しておこうかな？」

「それがいいですわ。きっとお母様も喜びますわ」

たぶんお母様は喜んでくれるだろうけど、勝手にお風呂を改造していたらさすがに怒られるかな？　まあ、怒られたらそのときに取り外せばいいか。

お風呂からあがると夕食の時間である。ホカホカに仕上がった俺たち二人は、いつものダイニングではなくて、サロンのテーブルで夕食を食べた。

ここなら二人で並んで夕食を食べることができる。

大きなダイニングテーブルに二人だけで向かい合って食べるのは寂しいものがある。ロザリアも同じことを思っていたようで、喜んでくれた。

それに、夕食の前にお風呂に入ったので、ロザリアの髪がぬれているのだ。タオルと風魔法で乾かしていたみたいだが、それでも完全には乾いていないようだった。

そのままいつものダイニングルームで夕食を食べるとなると、高そうなイスにシミができるかもしれない。そんな懸念もあって、この部屋を選んだのだ。

「髪が長いと乾かすのが大変だね」

「大変ですけど、短くしたくはありませんわ」

この世界の女性たちは髪が長いのが当然のことになっている。女性らしさの象徴としているようなのだ。そのため、女性の騎士たちも髪が長い。短くしている女性はほんの一部しかいなかった。

「それなら仕方がないね。せめて、髪をもっと手早く乾かすことができればいいのにね」

「風魔法で乾かしてもらっているのですが、時間がかかるのです。それに風の調節が難しい魔法みたいで、ときどきブワーって風が来ますのよ、ブワーって」

どうやらかなり強力な風が吹くときがあるみたいだな。ロザリアが二回言うということは、かなり不快に感じているのだろう。部屋の中が散らかってしまうのかな？

弱い威力の魔法を出し続けるには、かなり高度な魔力操作の技術が必要だ。さすがのハイネ辺境伯家でも、その技術を持っている使用人はいないようである。

俺はそれができるのだが、もしそれをやってしまえば、毎回、ロザリアとお母様、おばあ様の髪を乾かすことになるだろう。それはちょっと勘弁してもらいたい。貴重な夜の時間を失いたくはないからね。

「それはしょうがないよ。ロザリアも魔法の練習のときに試してみるといい。弱い威力の魔法を維持して使うのがどれだけ難しいことなのか、すぐに分かるよ」

「お兄様はそれができますか？」

ロザリアが期待に満ちた、キラキラした目をこちらへと向けてきた。

う、妹の期待を裏切りたくない。しかし〝もちろんできるよ〟とは言いたくない。言ったら毎回、ロザリアの髪を乾かすことになるだろう。俺のシスコン化がますます加速することになる。すでに両親からはそう思われているかもしれないのに。

「どうかな？　ものすごく練習すればできるようになるかも？」

「それならお兄様、ものすごく練習して下さい！」

「いや、それはちょっと……それよりも、髪を乾かす魔道具を作ればいいんじゃないかな？」

「髪を乾かす魔道具？　ではお兄様、すぐに作って下さい！」

ワイワイと騒ぎ出したロザリア。お行儀が悪いと注意したのだが、聞いてくれなかった。

よっぽど欲しいのだと思った。これは作るしかないな、ドライヤー。

風を送り出す魔法陣はあるみたいだし、温める魔法陣もすでにシャワーを設置するときに描いているから作るのは可能である。ただし、片手で持てるサイズのものはまだ無理だな。

なぜなら、魔法陣のサイズが大きいから。ここで小さな魔法陣を披露してしまったら、この世界に革命を起こしかねない。さすがにそれはまずそうな気がする。

食事が終わったあと、さっそくドライヤーもどきの魔道具の設計図を描き始めた。

色々と考えた結果、羽根のない扇風機のような形状にした。円柱の底の部分に、風と熱を生み出す魔法陣を設置して、上方向へと風を送るようにする。

円柱上部の側面には円形の穴があり、そこから温風がブワーって出るのだ。

風の強さと、温度を調節できるようにつまみを取り付けておけば、夏は扇風機としても使えるぞ。

まさに一石二鳥のナイスな魔道具。

おっと、ついでに冷気も出せるようにしておこう。これで一石三鳥の画期的な魔道具の完成だ。

夢が広がるな。

「お兄様、何かいいことでもあったのですか？」

「フフフ、いい魔道具が作れそうだよ。構造がちょっと複雑だけど、たぶんなんとかなるだろう。ああ、魔石の消費もすごそうだな。どうしよう」

「どんな魔道具なのか、私にも教えて下さい」

ロザリアがピッタリとひっついてきた。その頭をなでながら、どんな魔道具を作ろうとしているのかをロザリアに話した。

ロザリアも気に入ってくれたようで、はしたなくも、ぴょんぴょんと飛び跳ねていた。

それを見かねた使用人がたしなめたが、まったく言うことを聞かなかった。……これはあれだな、あとでお母様にチクられるやつだな。

もしかして、俺まで怒られるパターンだろうか？　どうか違いますように。


翌日からさっそく新しい魔道具の開発に入った。だがしかし、そればかりをやっているわけにはいかない。領地をジャイルとクリストファーと一緒に見回りたいし、初級体力回復薬も改良しなければならない。

今日の午前中は、ロザリアが家庭教師に勉強を習う時間だった。

そのため、屋敷を出るのが大変だった。言うまでもなく、ロザリアが〝一緒についていく〟と言い出したからだ。

なんとか〝午後から魔道具の作り方を教えるから、午前中はしっかり勉強するように〟と言って了承してもらえたが、これが続くと大変そうだな。先生に俺とロザリアの勉強を同じ時間帯にしてもらえないか聞いてみよう。

先生への負担はかかると思うが、ロザリアのやる気が出るとなれば、なんとかしてくれるだろう。

午前中にすべきことを終えてから訓練場に行くと、さっそく声がかかった。

「ユリウス様、ようこそいらっしゃいました」

「またお世話になるよ。シャワールームの調子はどうかな？」

「はい、問題ありません。みんな喜んで使っていますよ。石けんも少し固まってきたように思います。魔導師たちが魔法で乾燥させたらどうかと言っていたのですが……」

そんなに早く石けんが欲しいのか。それならもっと早くに作り方を教えておけばよかったな。

「許可しよう。だが、訓練に支障が出ないように、体に無理がないようにすることが条件だ」

「ハッ！　ありがとうございます！　必ず、そう伝えておきます」

笑顔で騎士が答えた。うんうん、いい返事だ。石けんのせいで本来の任務がおろそかになってしまっては本末転倒だからな。

その後、シャワースタンドの点検を行い、急ピッチで行われている建築現場の視察をして〝張り切りすぎないように〟と一言つけ加えておいた。

だって、昨日の今日でかなり建物ができあがっていたんだもん。無理してない？　って思うよね。

午後からは魔道具の作製に入った。ロザリアと約束したからね。場所は日当たりのよいサロンで作業を行っている。ここなら温かい日差しが入ってくるし、体感温度もちょうどよい。

昨日の夜に引いた設計図を改めて確認し、修正しながら完成させる。自分たちが使うのに必要な分を確保したら魔道具師に設計図を売りつけるつもりなので、だれが見ても分かるようにしなければならない。

俺が図面と格闘している隣では、ロザリアが〝ランプの魔道具〟の外側の部分を作っていた。鉄板をハンマーでたたいて形を作っていく作業だ。地味だが大事。これができなければ魔道具は作れない。今回は比較的簡単に作ることができる箱型のタイプである。

「お兄様、できましたわ！」

「うん、上手《じょうず》にできたね。あとはここに昨日描いた魔法陣をセットして……」

土台の四角い箱の中に魔石を入れて、魔導インクで魔法陣までつながるように線を引けば完成だ。おっと、その前にスイッチがいるな。

「ロザリア、スイッチを作ろう。この魔法陣をこの鉄板に描いてね」

「分かりましたわ！」

さっそくロザリアがテーブルの上で作業を開始した。目がランランとしており、とても楽しそうだ。ロザリアは将来、魔道具師になるのかもしれないね。

そんな妹の姿を横目に、俺もテーブルの上で魔法陣を描き出した。魔法陣の形と模様はすでに頭の中に入っている。それを鉄板の上に再現するだけなので、それほど難しくはない。

あっという間に描きあげると、本体の作製に取りかかった。形が円柱状なので、作るのは比較的簡単である。鉄板をグルリと丸めて、つなぎ合わせるだけだ。ハンマーで少しずつ丸めながら形を整えていく。つなぎ目の部分は火魔法で溶かして融合させた。これで耐久性もバッチリだ。

底面の部分に、設計図通りに魔石を入れる場所と、スイッチ類を設置していく。もちろん上部の側面には丸い穴が開けてある。ケガをしないように切断面は滑らかにしてあり、金網も取り付けてゴミが入らないように対策ずみだ。

「うん、こんなもんかな。試しに起動してみるか」

「お兄様、もう完成したのですか？」

バッと顔をあげたロザリアが目を白黒とさせていた。どうやら自分の作業に集中しすぎて、俺が色々と作業していたことに気がついていなかったようだった。ロザリアの手元にあるスイッチの魔法陣はもうすぐ完成しそうだな。

「完全にはできあがっていないけどね。試しに動かすくらいはできるようになったよ」

「さすがですわ、お兄様」

金属感丸出しの無骨なデザインなのだが、それでもロザリアは気にしていない様子である。せっかくなので、ロザリアに説明しながら試してみようかな？

「これが風が出る量を調整するつまみだよ。最初は中くらいにしておくかな」

「こっちのつまみはなんですの？」

「そっちは風の温度を調節するつまみだね」

「赤い矢印と、青い矢印がありますよ」

「赤い矢印の方向に回すと温かい風になって、青い矢印の方に回すと冷たい風が出るんだよ」

「冷たい風……」

「そう。夏に使うと涼しいかなと思ってさ」

それを聞いて、うんうんとうなずくロザリア。まだ六歳児なのに、しっかりと理解している様子である。賢いぞ、ロザリア。

「今回は温かい風を出してみようかな。ロザリア、つまみを赤い矢印の方向に半分くらい回してごらん」

「分かりましたわ」

ロザリアは言われた通りにつまみを回す。風量はこのままでいいかな？　中間くらいの風量だ。

「それじゃ、このボタンを押してみて。そしたら風が出てくるはずだよ」

「それでは押しますわ！」

ロザリアがボタンをポチッと押すと、フオオという小さめな音と共に、すぐに風が出てきた。その風はだんだんと温かくなっていく。

「すごい！　温かい風ですわ」

「これをうまく使えば、髪を乾かすことができるんじゃないかな？」

「きっとできますわ。さっそく今日の夜、試してみますわ！」

実にいい笑顔でロザリアが笑った。うん、いいことをしたな。

試運転した冷温送風機は特に問題なさそうだった。これなら仕上げ作業に入ってもいいかな。

そう思ったときに問題が発生した。

「アッツ！」

「お兄様！」

「ロザリア、この魔道具を触っちゃダメだよ！」

なんてこった。熱伝導のことをすっかり忘れていた。風を温めるための魔法陣によって、本体がかなり熱くなっている。本体上部はまだマシだが、熱源の魔法陣に近い場所にある鉄板はかなりの熱を持っていた。

最大まで温度をあげていないのにこの熱さ。これはなんとかしなければならないな。この世界で断熱材として使えそうな素材は……木だな。木ならすぐに手に入れることができる。

そうなると、本体の形が円柱形であるのは非常にまずい。なぜなら、木材を円柱形に貼り付けるのが大変だからである。

「これは設計を見直して、四角い箱型にしないといけないいな」

「お兄様、失敗なのですか？」

「うん。失敗だね。髪を乾かせるようになるのはまた今度だね」

ションボリと肩を落とすロザリア。どうやら結構楽しみにしていたらしい。これは悪いことをしてしまったな。俺は急いで使用人に耐熱性の高い板材を買ってくるように頼んだ。

第十三話　火急の知らせ

ロザリアが作った初めての魔道具が完成した。ランプの魔道具だ。造りはシンプルだが、しっかりとその役目を果たしている。ロザリアは〝明るくなる魔法陣〟と、〝スイッチを切り替える魔法陣〟の二つの魔法陣を描いて、その本体も作りあげた。

飾りっ気のないランプの魔道具だったが、ロザリアはそれを大事そうに抱えて喜んでいた。もちろん俺も喜んだ。小さな魔道具師の誕生だ。みんなが王都から帰ってきたら、きっと驚くぞ。

夕食の時間もテーブルの中央にそのランプが置かれていた。そのランプを見ながら、次は自分も俺が作っていた冷温送風機の魔道具を作りたいと言っていた。

それじゃロザリアにも手伝ってもらおうかな。きっといい勉強になるはずだ。

お風呂からあがると、ロザリアが使用人に髪を乾かしてもらうところを見せてもらった。もしかすると、魔道具を作るときのヒントが得られるかもしれない。

そう思っていたのだが、ロザリアが前に言っていた通り、風魔法の出力がうまく調節できないようで、急に強くなったり、弱くなったりを繰り返していた。

そのたびに髪が乱れ、部屋の中の物がガタガタと揺れている。しかもどうやら、ただの風だけが送られており、熱は加えられていないようだった。これでは冬になると寒そうだな。ロザリアが微妙な顔をしていたのも、うなずける。

「お兄様……」

ようやく終わったのか、使用人が静かにロザリアの部屋から出ていった。俺はどんな顔をすればいいのか分からずに、半笑いを浮かべてロザリアの髪をなでた。

半乾き！　背中の中ごろまで伸びた美しい髪は、表面こそ乾いてはいるものの中はまだ湿っていた。

しょうがない。ションボリとした表情でこちらを見上げてくるロザリアがさすがにかわいそうになってきた。あんまりやりたくなかったけど冷温送風機の魔道具が完成するまでの辛抱だ。

「ロザリア、後ろを向いてごらん」

ロザリアは素直に従ってくれた。すぐに冷たくもなく、熱くもない、ちょうどいい感じの風を魔法で作り出すと、その風でロザリアの髪を乾かした。

すぐに先ほどとの違いに気がついたのだろう。ロザリアが歓喜の声をあげた。

「お兄様、お上手《じょうず》ですわ！」

「そりゃまあ、自分の髪を乾かすときに使っているからね」

「ずるいですわ、お兄様だけ」

「あはは……冷温送風機が完成したら、いつでもこの風で髪を乾かすことができるよ」

そうは言ったものの、どうやらロザリアは俺が作り出す、まるでドライヤーのような風が気に入ったようであり、乾いたのにもっともっととせがんできた。しょうがないので、ロザリアの気がすむまで付き合うことにした。

その後はもちろん俺の部屋のベッドで、俺にベッタリとくっついて眠った。お兄様はロザリアがお兄様離れできるのか、心配になってきたぞ。

翌日は初級体力回復薬の改良をすることにした。

本当は冷温送風機を完成させたかったのだが、さすがに昨日の今日では木材を手に入れることはできなかった。このままだと、明日以降にお預けになるかな？

そうなると、今日もロザリアの髪を乾かすことになるな。いや、今日は髪を洗わないという可能性もあるのか。

そんなわけで、午前中の時間に魔法薬を改良してしまおうというわけだ。そうすれば、午後からの訓練場の視察で差し入れすることができるからね。

ついでに人体実験をしたいからでは決してない。

前回の魔法薬作製で懲りたのか、ロザリアがついてくることはなかった。嫌われたな、魔法薬。

調合室にこもると、さっそく作業に取りかかった。

「それじゃ、からみ成分の抽出からだな。えっと、やっぱり別の液体に抽出して除去するのがいいよね？　それなら……タブノール溶液を使ってみようかな。これなら無味無臭だし、安全性も太鼓判を押されているからね」

体力回復効果は薄れるかもしれないが、それならそれでいいか。前回のは効きすぎたような気がするし、中毒になってしまったら困るからな。疲れたときに〝一本いっとく？〟くらいの効果で収めておきたい。

初級体力回復薬を分液漏斗に入れてそこに少量のタブノールを入れる。それを中の液体がこぼれないように、しっかりと手でフタを押さえてから激しく振り混ぜる。

振り混ぜたあとに静置しておくと、二層に分離した。この下の層にある赤い液体が初級体力回復薬である。そして上層のちょっぴり赤い液体に、からみ成分が抽出されているはずだ。

この抽出作戦はうまくいったようで、鑑定してみるとからみ成分はなくなっていた。その分、効果が薄れていたけどね。計算通り。初級体力回復薬の色も薄くなっているような気がする。

試しに飲んでみたが、匂いも味もなかった。もちろん、爽快感もない。

「効き目はあると思うんだけど、体力が減っていないからなのか効果が分からないな。それに、やっぱりのどごしがよくないな。栄養ドリンクといえば、やっぱりのどごしだよね」

俺は魔法薬の素材が置いてある棚から炭酸石を取り出した。これを分離した下層の液体に放り込んだ。すぐにシュワシュワと泡が出始める。そう、これはただの炭酸水を作る素材だ。もちろん、別の使い道もある。炭酸石がその辺で売っていてよかった。どうも何かの料理で使うそうである。

次に甘くするために砂糖を大量に投入する。砂糖の効果で脳にもすぐに栄養が行き渡り、脳の活性化も見込めるはずだ。その分、お金がかかる。

初級体力回復薬：高品質。体力を回復させる。効果（微小）。炭酸飲料。甘い。元気ハツラツ。

「できたぞ。色は黄色じゃないけど……それに最後の一言はなんだ？」

目の前にはシュワシュワと音を立てる赤い液体があった。グイッと一気に飲み干す。

「プハッ！　これだよこれ。あとは冷たければ、なおよしだな」

炭酸が抜けないように、魔法薬ビンに詰めて厳重に封をすると、それらを持って騎士団の訓練場へと向かった。

今日のロザリアはお友達のところへ、〝お茶会〟と言う名の遊びに行っている。昨日自分の力で作ったランプの魔道具を抱えていたので、きっと見せに行くのだろう。

俺は木箱に入れた初級体力回復薬を抱えて、カチャカチャと音を立てながら訓練場に向かった。どうやら模擬戦をやっているようであり、遠くから大勢の大きな声が聞こえてくる。さすがの迫力だ。

邪魔をするのはよくないなと思い、先にシャワールームを作っている建物へと向かった。

おお、外側はすでに完成している。ずいぶんと早いな。作業している親方たちに話しかける。

「ごくろうさま。順調に工事が進んでいるみたいだね」

「これはユリウス様、ごきげんよう。騎士団の皆さんがせかすものですからね。早く作ってくれって、言われているんですよ」

親方が苦笑している。すまないねぇ、親方。うちの騎士団が無理を言ってしまって。そんな親方たちに、初級体力回復薬を差し入れしようかと思ったが、そこから外部にこの魔法薬が広がるのはまずいな。申し訳ないが、また今度だな。

その後は内部を見せてもらい、どの辺りに魔道具を置くかを話した。親方は魔道具を作ったのが俺だと分かるとかなり驚いていた。

シャワールームに興味がありそうだったので、完成したら使ってもらうことにした。

親方からシャワールームの話が広がれば、領内にシャワーが広がるかもしれない。そうなれば領内がもっと清潔になるし、疫病などが流行《はや》りにくくなることだろう。衛生面の向上はとても大事だ。

訓練場に戻る途中で石けんを乾かしている場所も見て回った。乾燥は問題なく進んでおり、シャワールームが完成するころには、石けんも完成していることだろう。

これもうまくいけば庶民にも広げてみようかな？　いや、それをすると、石けんを作っているところから怒られるか。これはちょっと保留だな。

訓練場に到着すると休憩時間に入っていた。秋が深まりつつあるとはいえ、みんな汗ビッショリである。このままだと風邪を引きそうだ。心配になってきた。

やはり早いところシャワールームを完成させて、訓練が終わったら体を洗って汗を流して、新しい服に着替えてもらうようにしないとね。

「ユリウス様、いらっしゃっていたのですね。気がつかなくて申し訳ありません」

休憩していた騎士の一人が俺に気がついて声をかけてきた。

「いいんだよ。先にシャワールームの建物と、石けんの出来具合を見させてもらったからさ。どっちも予定よりも早く仕上がっているみたいだね」

「ええ。ここにいるみんなの悲願ですからね」

「大げさだな。あまり親方たちにプレッシャーをかけないようにね。あせって、ケガでもしたら大変だ。石けんももうすぐ使えるようになると思う。こっちも無理して魔法で乾燥させたりしないようにね」

周囲にいる騎士たちが苦笑いを浮かべている。

まさかそこまでシャワールームと石けんが熱望されているとは思わなかった。もっと早く分かっていたら、石けんの作り方くらい、すぐに教えたのに。

「おっと、そうだった。差し入れを持ってきたんだ」

「差し入れ？」

首をひねる騎士たち。俺が木箱から赤色のビンを取り出すと、それがなんなのかすぐに気がついたみたいだった。

「それは初級体力回復薬ですよね？」

「そうだよ。でも、前回持ってきた物とはちょっと違うよ。効果は落ちたけど、飲みやすくなっているよ。どう？　一本いっとく？」

俺は初級体力回復薬を差し出した。迷わず受け取る騎士たち。どうやら俺が作った魔法薬を疑う者はいないようだ。大丈夫かな？　少しは警戒した方がいいのではなかろうか。

騎士たちがフタを開ける。ポン！　という軽快な音が秋の空に響いた。

「それでは、いただきます」

腰に手を当てて、一気にあおる。騎士たちの顔が、口元にほほ笑みをたたえながらゆるんでいる。

「く〜、元気ハツラツ！」

「これはいい。疲れが吹き飛んだぞ」

「これからやらなくちゃいけない片づけも、一気にやれそうだ！」

ワイワイと騒ぎ出す騎士たち。明らかにテンションがあがっている。前回よりも爽やかなテンションのあがり具合ではあるが。

騒ぎを聞きつけた騎士たちがやってきて、同じように飲んで、同じように元気になっていった。

「これなら大丈夫そうだね」

「ユリウス様、これなら毎日飲んでも大丈夫ですよ。むしろ、毎日、任務終わりに飲みたいくらいですよ」

「任務中は酒を飲むわけにはいかないですからね。その点、これなら大丈夫そうです」

どうやらなかなか評判のようである。これで任務中の集中力の低下を防ぐことができれば、より安全に任務を遂行することができるだろう。作るのもそれほど難しくないし、いけるかな？　砂糖を大量消費するのがちょっと問題だな。砂糖はそれなりの値段がするからね。

「それじゃ、この初級体力回復薬は遠征任務のときに使ってもらえるように、いくつか作っておくよ」

「個人では買えないのですか？」

「ちょっとそこまでは大量生産はできないかな？　他の魔法薬も作らないといけないからね」

「残念です」

シュンとなる騎士たち。そんなによかったのか。なんとかその期待に応えてあげたいところだが、今は無理だな。

俺が学園を卒業して、一人前の魔法薬師として認められたときには、大量生産できるかもしれない。もちろん作るのは俺じゃなくて、どこかの魔法薬を作ってる商会だろうけどね。

魔法薬のレシピも、魔道具の設計図と同じように、どんどん売りつける予定である。手っ取り早くこの世界に魔法薬を広げるなら、そうした方が早いだろうからね。少しでも早く、この世界の魔法薬を改革せねばならない。それが俺の使命だ。

屋敷に戻ると、すぐに使用人がお茶の準備をしてくれた。

ホッと一息ついていると、今度は板材が届いたとの知らせが入ってきた。思ったよりも早かったな。きっと急いで準備してくれたのだろう。あとでお礼を言っておこう。

すぐに一階の倉庫へと向かう。そこにはいくつもの板材があった。

「これはいい板材だな。磨けば飴色《あめいろ》の高級家具みたいになるぞ。これを使えば『冷温送風機』の魔道具も、ちょっとしたインテリアみたいに見えるかもしれない」

これなら来賓室で使っても失礼にならないだろう。冷温送風機の宣伝にピッタリだ。思わずニヤニヤしながらその板材を抱えてサロンへと戻った。

今から作業したらロザリアに怒られるかな？　あ、でも、円柱形を四角柱形にするくらいはしてもいいかな。うん、そうしよう。ロザリアがいないし『クラフト』スキルを使えば、あっという間だ。

自分の部屋から失敗作の冷温送風機をサロンへ持っていくと、『クラフト』スキルを使って、数秒で形を四角柱に変形させた。やっぱり加工をするのには便利だな、『クラフト』スキル。

同じように、先ほど入手した板材も加工する。必要な大きさに切断して、表面がツルツルになるように磨き上げる。表面にちょっとした細工を施そうかと思ったけど、木目が美しかったのでそのまま使うことにした。

「お兄様！」

「お帰り、ロザリア」

バタンとサロンのドアが開いたかと思うと、ロザリアが飛び込んできた。ロザリア、いくらサロンがだれでも入っていい場所だからといって、ノックをしないのはマナーが悪いぞ。

俺がロザリアの後ろにいた、ロザリアつきの使用人を見ると、軽く礼をされた。あとでしっかりと言い含めておいてくれるはずだ。

「お茶会は楽しかったかい？」

「はい！　私が作った魔道具を見せたら、みんな驚いてましたわ」

「そうか、それはよかった。それなら今度はロザリアのオリジナルの形をした〝ランプの魔道具〟を作らないとね」

ニコニコとこちらを見ていたロザリアが、急に目を見開いた。俺の横に置いてある冷温送風機を見ている。

「お兄様？」

「ああ、ロザリアが帰ってくるのを待っていたんだよ。あとはこの板材を取り付ければ完成だ」

「スベスベですわ」

先ほど加工した板材をなでるロザリア。よほど手ざわりが気に入ったのか、何度もなでている。

その顔はなんだかとろけそうだった。

「それじゃ、これに貼り付けていこう。ロザリアも手伝ってくれるかな？」

「もちろんですわ！」

こうして二人で板材を貼り付けていき、すぐに冷温送風機が完成した。見た目はただの四角い木の柱である。上面は年輪が見えるようにするというこだわりようだ。底面は、熱が床に直接伝わらないように、四つの短くて太い足がついている。これなら倒れにくいはずだ。

「完成だ」

「できましたわ。これを使えば髪の毛を乾かせるのですね。さっそく使ってみたいですわ！」

「それじゃ使ってみようか。今回は完成品ということで、しっかりと試験をするぞ」

「分かりましたわ」

二人で試験を開始した。どうやら俺たちがサロンで何かの魔道具を作っていることが屋敷中に広まったらしく、気がつけば数人の使用人が集まってきていた。そのほとんどが女性である。

なるほど、俺たちが昨日から髪の毛の話をしていたから気になったのだろう。そして気がついたのだ。これが髪の毛を乾かすために作られたことに。

表面の熱の問題は解決した。最大火力にしても、側面がほんのりと温かくなるくらいである。そして最大火力にすれば、部屋を暖めることができることも確認できた。これからの季節にピッタリだな。暖炉に火をつけなくてよくなるし、薪《まき》の消費も抑えることができる。

そのまま冷房効果も確かめた。が、今の時期にするもんじゃないことが判明した。寒くなりすぎて、効果のほどが分からない。みんなが寒そうにしていたのですぐに止めた。あとで自分の部屋でコッソリとやろう。

「問題なしだな。ロザリア、さっそく今日から使ってみてくれ」

「え？　お兄様が髪を乾かしてくれないのですか？」

明らかにションボリとなったロザリア。上目遣いでこちらを見ている。しかも、目が潤んでいる。

どこでそんなテクニックを覚えたんだ、ロザリア。

「いや、まあ、そうだな。冷温送風機の魔道具で髪を乾かしたあとの仕上げをお兄ちゃんがする感じでどうかな？」

「よろしくお願いしますわ！」

パッと明るく笑うロザリアが抱きついてきた。うんうん、いいんだよ、これで。たぶん。

「あ、そうだ、みんなもこれを使ってみてよ。あとで感想を聞かせてもらえないかな？」

集まっていた使用人たちにそう言った。戸惑うようにお互いに顔を見合わせている。

「よろしいのですか？」

「うん。よろしく頼むよ。その代わり、しっかりと感想を聞かせてね。それを聞いて、もっと使いやすいように改良するからさ」

冷温送風機の魔道具は、すぐに髪を乾かすことができると好評だった。そして一台では足りないので、もう何台か作ってほしいと言われた。そこでロザリアと一緒に必要な数だけ作ることにした。

ロザリアも手伝えるとあって、とても喜んでいる。

こうして新たな魔道具が完成したのであった。

翌日も訓練場の様子を見に行った。前回と同じく、邪魔にならないように、まずはシャワールームを作っている場所へと行くことにする。今日はロザリアと一緒だ。

「おお、これはもう完成したと言ってもいいいんじゃないかな？」

「これがお兄様が言っていたシャワールームですか？」

「そうだよ。近くに行って見てみようか」

俺たちが近づくと、職人さんたちが気がついたようである。すぐに親方を呼んできてくれた。ロザリアは出来立ての建物が気になるようで、目を輝かせて室内を見ていた。

「ようこそ、ユリウス様」

「親方、ごくろうさま。どうやら完成したみたいだね」

「はい、おかげさまで。あとはユリウス様が作った魔道具を設置するだけになってます」

「そうか。それじゃ手伝うよ。何せ、俺が作った魔道具だしね」

「私も手伝いますわ！」

こうしてロザリアと一緒にシャワーの魔道具と、その他付属の魔道具を設置していく。配管は親方たちが手伝ってくれた。そしてようやくシャワールームが完成した。

「試しにだれかに使ってもらうのが一番なんだけど……そうだ、先にちょっと石けんの様子を見てくるよ。石けんが完成していれば、石けんの使い心地も試してもらえるしね」

俺はすぐに石けんを乾燥させている宿舎へと向かった。そこには厳重に警備する騎士の姿があった。そんなに大事だったのか、石けん……。

「石けんはできあがった?」

「これはユリウス様。恐らく完成したものと思われますが……」

「どれどれ……うん、しっかり乾燥できてるみたいだね。これなら石けんとして使うことができるよ。シャワールームが完成したから、試運転のついでに石けんも使いたいと思っているんだけど、少し分けてもらえないかな?」

「いいですとも。切り分ければよろしいですか?」

「うん、それでいいよ」

ここで作っている石けんは三センチほどの厚さの板状になっている。それを好きな大きさに切って使う予定である。

十センチほどの幅で切ってもらい、それを持ってシャワールームへ戻る。

そこにはすでにウワサを聞きつけたのか、女性の騎士たちが集まってきていた。もちろん、男性の騎士たちの姿もある。

「ユリウス様、シャワールームが完成したと聞いたのですが?」

「うん、完成したよ。ちょうど石けんも完成したから、よかったら使ってみてよ」

石けんを女性の騎士に手渡した。それをしっかりと確認すると大きく目が見開かれた。その手がちょっと震えている。

「これが私たちが作った石けん」

「香水の原液とかで香りをつけられたらよかったんだけどね。今回はそれで許してほしい」

「許すだなんてとんでもない！　さっそく使わせてもらいますわ」

キャーキャー言いながらシャワールームに入っていった女性の騎士たちが、それほど時間をかけずにツルツルの肌になって出てきた。外で待っていた男たちがぼうぜんとしている。

「ユリウス様、シャワールームもこの石けんも、最高ですわ。汚れがこれほど落ちるだなんて思いませんでした」

「それにシャワールームを使えば短時間で体を洗うことができますわ。これは素晴らしい設備です」

絶賛する女性陣。それにつられて男性用のシャワールームに入っていった男性陣も、爽やかになって出てきた。さっきまでの泥まみれ、汗まみれがウソのようである。

「今まであまり気にしてなかったが、もう井戸水を頭からかぶるだけの生活には戻れないな」

「ああ、そうだな。戻れそうにない。石けんが欲しい」

「俺もだ」

どうやら男性陣にもなかなか好評のようである。親方たちにも使ってもらうと、爽やかになったイケオジたちが現れた。そんなばかな。そして、ものすごく気に入ってもらえた。

親方や職人たちは〝この設備が欲しいという貴族や商人たちは必ずいるはずだ〟と太鼓判を押し

てくれた。

この分だと、あちこちに触れ回ってくれそうだぞ。今のうちにシャワールームを作るために使った魔道具の設計図を売り払っておこう。あとは任せた。

騎士団の衛生環境改善も終わり、ようやく一息つくことができた。その間にシャワーの魔道具の設計図を作っておいた。あとはお父様が帰ってきたときに渡すだけである。

これで俺が作らなくてもすむぞ。

「ユリウス様、旦那様から手紙が届いております」

「お父様から？　なんだろう」

昼食を食べ終わったころ、使用人が一枚の手紙を持ってきた。

王都の家族には定期的に手紙を送っている。つい先日、王都から来た手紙の返事は今日書く予定だったので、返事を出す前に王都から手紙が来るのはおかしい。

なんだか嫌な予感がした。隣に座っている妹のロザリアも、うかがうように俺の顔を見ている。

使用人からペーパーナイフを受け取って中の手紙を確認する。

血の気が引いた。

「おじい様とおばあ様が倒れただって……？」

「お兄様」

思わずつぶやいた俺の声をロザリアが拾った。安心させるようにロザリアの頭をなでながら続きを読む。

手紙によると、王都のとある飲食店で提供された食事の中に毒が混入していたらしい。そして、たまたまそこで食事をしていたおじい様とおばあ様が毒で倒れたそうである。

現在療養中とのことだが、万が一に備えて、俺とロザリアも王都に来てほしいとのことだった。

本当に〝たまたま〟だったのだろうか？　おじい様を、いや、おばあ様が狙われた可能性はないだろうか。おばあ様はこの国で有数の高位魔法薬師だ。おばあ様がいなくなれば、スペンサー王国に大きな影響を及ぼすことは間違いない。

いや、今はそんなことはどうでもいい。それよりも二人の容体が気になる。王都には国中の魔法薬が集まっている。その中には当然、解毒薬もあるはずだ。大丈夫、きっと二人とも無事だ。でももし、解毒薬が効かなかったら……。

「お兄様？」

「ああ、すまない、ロザリア。これから急いで王都に行くことになる。王都までの道のりは楽じゃないって聞いているから、それなりに覚悟しておいてね。俺はライオネルに相談してくる」

そう言ってロザリアに手紙を渡した。それを読んだロザリアが小さな悲鳴をあげて俺にしがみついてきた。

なんとかロザリアの頭をなでて落ち着かせると、あとのことを使用人に任せて急いで騎士団の宿舎へと向かった。

宿舎に着くと、ちょうど休憩時間だったようである。タイミングよくライオネルが執務室にいた。

「ライオネル、まずいことになった。おじい様とおばあ様が毒にやられた」

「なんですと！　お二人のご容体は？」

「療養中みたいだが、なるべく早く王都に来てほしいと手紙に書いてあった。たぶん、容体はよくないのだと思う」

「すぐに出発の準備を整えます」

ライオネルやその場にいた騎士たちが慌ただしく動き出した。間に合うか？　でも、やるしかないな。

「ライオネル、おばあ様の調合室を使いたい」

「ユリウス様……」

「あそこなら俺が欲しい素材があるかもしれない。どんな毒でも中和できる〝万能薬〟を作る。もしかすると、間に合うかもしれない」

「……分かりました。ですが、何かあったときの責任はすべて私が取ります。それを了承していただかなければ、使わせるわけにはいきません」

ライオネルが強い瞳でこちらを見てきた。俺はあの目を知っている。絶対に引かないという、覚悟を持った目だ。

「分かった。約束しよう」

「直ちに鍵を持って参ります」

ライオネルが駆け出していった。俺は部屋に戻り、隠しておいた初級魔力回復薬をあるだけ袋に詰めると、おばあ様が普段から過ごしていた別館へと急いだ。

素材さえあれば万能薬は作れる。失敗の心配はいらない。何度も作ってきたし、成功率は百パーセントだ。自信を持て。

「ユリウス様、鍵をお持ちしました」

「ありがとう。お父様のゲンコツくらいで許されるといいんだが……」

「私もお供しましょう」

別館の三階にある調合室に着いた。扉には厳重に鍵がかかっている。それをライオネルが慎重な手つきで開けた。

扉を開くと、以前に嗅いだことのある初級回復薬の嫌な匂いがした。

「ここがおばあ様の新しいアトリエか。素材の入っている箱は……あれかな？」

部屋の中に置いてある金属製の箱を見つけた。そこにも鍵がかかっている。ライオネルが確認し、ガチャガチャと鍵を開けた。

「鍵が開きました。中に何が入っているか分かりませんので、気をつけて確認して下さい」

「分かったよ、ライオネル。ここからはもう大丈夫だ。王都に向かう準備を急いでくれ」

「かしこまりました。鍵はここに置いておきます」

俺が魔法薬を作るところを見られたくないことに気がついたのだろう。ライオネルは大人しく従った。さすがはライオネル。『ラボラトリー』スキルを使うつもりだったので、正直なところ、助かった。

あとは全力を尽くすだけだ。絶対に魔法薬を完成させるぞ。

ユリウス様が一人、調合室へと入っていく。長年騎士としてハイネ辺境伯家を守ってきた私だが、ユリウス様の前では無力だった。

ハイネ辺境伯家の三男として生まれたユリウス様は、幼少期こそ、アレックス様やカイン様と同じような無邪気な子供だった。しかし、いつのころからかその秘められた才能を発揮するようになっていた。

お館様から〝ユリウスが調合室に行きたがってな〟と困り顔で相談されたことがある。そのときは少し変わったお方だと思っていたのだが、ユリウス様が自分で作ったという魔法薬を騎士団に持ち込んだときから見方が変わった。

ユリウス様は恐らく、高位の魔法薬師であるマーガレット様に魔法薬の本当の作り方を教えたかったのだ。ユリウス様がどのようにしてその方法を知ったのか、どのようにして魔法薬を作ったのかは分からない。しかしそこには、お世辞にも飲みやすいとは言えない魔法薬を、だれもが安心して飲めるようにしたいという思いがあった。

完成した魔法薬の感想を聞いて周り、よりよい物へと改良を積み重ねているのがその証拠だ。ユリウス様のおかげで、以前よりも明らかに騎士たちに活気があり、やる気に満ちあふれている。

ユリウス様のおかげで何人の騎士たちが救われたことか。そのだれもが〝ユリウス様のためなら命を懸けられる〟と言っていることをユリウス様は知らないだろう。ロザリア様の面倒見もよく、心優しいお方だ。そんな話が耳に入れば心を痛めることだろう。このことはなんとしてでも、ユリウス様のお耳に入れないようにしなければならない。

そんな心優しいユリウス様は、今度は先代様のために魔法薬を作ろうとしている。言葉には出さなかったが、間違いなく高難易度の魔法薬を作るおつもりだろう。マーガレット様が集めた高価な素材を使うことからでもそのことが分かる。

私は無力だ。ユリウス様が一人で戦っておられるのに、手を差し伸べることすらできない。私にできることはなんだ？

廊下を走り、騎士団の宿舎へと向かう。私ができることは王都へ行く手配を速やかに行い、あの扉の前に戻ることだ。そして戦いから戻ってきたユリウス様をこの手で迎えることだろう。

ライオネルが部屋から出たのを確認してからおばあ様の箱を開けた。中には見たことがない素材も混じっていたが、ほとんどが知っているものばかりだ。

「上級回復薬は作れそうだな。強解毒剤も大丈夫。世界樹の葉は……一応あるな。保存状態が悪いけど、仕方がないな」

机の上に必要な材料を並べていく。どれも貴重な素材ばかりである。数は作れないと思っていたのだが……。

「これはギリギリ一本分の材料しかないな。一人しか救えない……か」

どうする？　今から素材を集めるか？　いや、それは無理だ。俺じゃ魔法薬の素材を買うことができない。それにどれもレア素材だ。そう簡単に手に入らないだろう。

一本しか作れないが、それでも作ろう。だれに使うかは王都についてから考えよう。

俺は『ラボラトリー』スキルを使った。

まずは上級回復薬を作る。素材は薬草にケアレス草、森ヘラジカの角、パープルスライムの粉末だ。ケアレス草がかなりしなびてしまっている。もしかすると、俺が思っている以上に入手困難な素材なのかもしれない。

それぞれの素材を粉末状に加工するべく、『ラボラトリー』スキルを使った。

粉末状になった素材の分量を慎重に量る。分量が少しでも違えば、極端に品質が下がってしまう。それが上級回復薬を作る難易度をあげている。

この繊細な作業はこの世界で使われている天秤《てんびん》では難しいかもしれない。正確な分銅を作ることができれば可能かもしれないが、今はまだ無理そうだ。

取り分けた素材を準備しておいた蒸留水の中に入れて、温めながらよく混ぜる。だんだんと紫色になってきた。

均一な紫色になったところで温めるのをやめて、不純物を取り除く。これで上級回復薬の完成だ。できあがったものを魔法薬ビンに取り分ける。透明な紫色の液体ができあがった。

上級回復薬：普通。傷を癒やす。効果（大）。

品質は普通だ。やはり素材がかなり傷んでいたようである。こればかりは仕方がない。あの素材で普通の品質まで高められたことを喜ぶべきなのかもしれない。

すぐに次の強解毒剤の作製に取りかかった。

毒消草にケアレス草、ガガンボの抜け殻、マルクの実。毒消草以外はどれも品質はよくない。でもこれで作るしかない。ラボラトリーの中に素材を放り込むと、先ほどと同じように粉末にする。

今度はそれをタブノールに混ぜる。その溶液をしっかりと振り混ぜると、色が黄緑色になった。その溶液から不純物を取り除きビンの中に入れる。そのビンにひたすら空気を送り込んで乾燥させる。タブノールは揮発性が高いため、すぐにドロッとした濃い黄緑色の液体だけがほんの少しだけ残った。

あとはその液体を蒸留水で薄めれば完成である。最終的に、黄緑色の透明な液体ができあがった。

強解毒剤：普通。毒を無効化する。効果（大）。

「普通か。仕方がないのかもしれないが、実力不足を感じてしまうな。ダメだ、ダメだ。今は落ち込んでいる場合じゃない。万能薬を作らなければ」

ここまでは順調……なのか？　品質が気になるが順調ということにしておこう。問題はここからだ。万能薬の素材は一回分しかない。ミスは許されない。

「大丈夫。俺ならやれる。俺は魔法薬師のトップランカーだぞ。できる、できる、絶対できる。自信を持て」

俺は箱の中に厳重に保管されている世界樹の葉とドラゴンの血を取り出した。どちらも品質は最低品質である。あるだけマシといったところだろうか。どのくらい成功率が落ちるのか、計算するのが怖い。

上級回復薬、強解毒剤、世界樹の葉、ドラゴンの血をラボラトリーの中に入れる。それらに圧力を加えながら少しずつ加熱していく。

本来ならばその状態を三日ほど維持する必要があるのだが、『ラボラトリー』スキルなら話は別である。

一気にラボラトリーの中の時間を濃縮させて、三十分で終わらせる。魔力がゴリゴリ削られていくのが分かる。頭がフラフラしてきた。それでも持ってきた初級魔力回復薬をガブ飲みしながら耐える。

そしてついに、七色の魔法薬が完成した。

万能薬：低品質。あらゆる毒を無効化する。濃縮した森の味。不快な香り。

あまりの品質の悪さに、膝から崩れ落ちそうになった。頑張ったのに……。それでも、無事に完成したことを喜ぶべきだろう。

素材が入っていた箱を元の通りに閉めて鍵をかけると、フラフラした足取りで部屋の外に出た。外ではすでにライオネルが待っていた。

「ユリウス様、しっかりして下さい！」

「大丈夫だ、ライオネル。万能薬はできたぞ」

七色の液体が入った魔法薬のビンをライオネルに見せる。ライオネルは首を左右に振った。

「心配しているのは万能薬が完成したかどうかではありません。ユリウス様のお体のことです」

「そっちも大丈夫だよ。ちょっと魔力を使いすぎただけだ。寝れば元に戻る。それよりもこれを」

差し出した万能薬をライオネルは受け取らなかった。

「それはユリウス様が持っておくべき物です。私には荷が重すぎます」

「そうか……分かったよ。それよりも、出発の準備は？」

「……もう少し時間がかかります。出発は明日の朝になるでしょう」

ライオネルはウソをついている。

ハイネ辺境伯家の緊急事態だ。準備はすでに終わっているはず。だからこそ、この場でライオネルが待っていたのだ。

そして今の俺の姿を見て、出発する日を明日に延期したのだろう。原因は俺だ。それならば。

「ライオネル、それなら急いで準備を終わらせろ。なんとしてでも今日中に出発する。これは命令だ」

「ユリウス様……！　分かりました。すぐに準備を終わらせて参ります。それまではどうか、お休み下さい」

ライオネルが俺を抱き上げる。すまないな、ライオネル。せっかくの厚意をムダにしてしまって。でも、今すぐにでも王都にいる家族のところへ行かなくてはならないのだ。

俺には〝おばあ様の一番弟子になる〟という目標がある。そしてその目標を達成して、おばあ様から秘蔵の魔法薬の本を譲り受けるんだ。

もちろんそれだけではない。これから始まる魔法薬の改革にはおばあ様の力が必要だ。だから絶対に生き延びてもらわなければならないのだ。

辺境の魔法薬師

自由気ままな異世界ものづくり日記

番外編

ライオネルの追憶

あれはユリウス様が五歳くらいのときだっただろうか。ハイネ辺境伯家で長年、魔法を教えているカーネル氏が、しきりに首をひねっているのを見かけた。

私がそれに気がついたのは、カーネル氏が普段は通ることのない訓練場への道を、ぼんやりと歩いていたからだ。

「カーネル先生、こんな場所でいかがなさいましたかな?」

「ああ、ライオネル様ではないですか。ここは……? おっと、どうやら考えごとのしすぎで、道を間違えていたようです。ところで……先ほど雨が降りませんでしたかな?」

「雨?」

空は雲一つない、とてもよい天気である。日の光も心地よく、絶好の秋晴れと言ってよいだろう。

それなのに、雨? それは一体どういうことなのか。

よく分からないが、ひとまずカーネル氏へ答えておいた。

「雨など降っておりませんよ。気になるのであれば、他の者も呼んできましょうか?」

「いえいえ、よいのです。私の気のせいだったみたいですから……」

そう言いつつも、納得はしていない様子だった。今も、何度も首をひねっている。

一体、何があったのか。ハイネ辺境伯家の騎士団長を任されている身として、不審な点はすべてなくしておかなければならない。

「何があったのか話していただけませんか？　話せば何か分かるかもしれませんか」

「ライオネル様……そうですな。そうかもしれません。実は、先ほどユリウス様に魔法を教えていたときに、急に雨が降ってきたのですよ」

「なんですと！　急いで服を着替えさせねば。風邪でも引いたら大変です」

なんということだ。カーネル氏がしきりに気にしていたのはこのことだったのか。それならばすぐに使用人を呼びつけて、対処してもらえばよかったのに。

魔法の授業内容は極秘になっていると聞く。魔法にはそれぞれの流派があるようで、簡単には教えられないのだ。

慌てて屋敷へ向かおうとする私をカーネル氏が止めた。

「お待ち下さい。話にはまだ続きがあるのです」

「続き？」

「はい。降ってきたのは小雨でしたが、私たちはぬれてしまいました。突然の雨に、見学していたロザリア様は何が起こったのか分からない様子で、しきりに私やユリウス様のお姿を見ていました」

「そうでしょうな。となると、ロザリア様も雨が降ってきたことに気がついたのですね。ユリウス様は？」

「それが……」

カーネル氏が口ごもった。まさか、ユリウス様の身に何かあったのだろうか。カーネル氏をせかしたい気持ちを抑えて、辛抱強く次の言葉を待った。騎士団長たるものが、この程度のことで心を乱してどうする。

「まるで気がついた様子がなかったのですよ。ユリウス様もしっかりとぬれていたはずなのに。おかしいな、と思っていると、今度は突然、夏のような熱い風が周囲に吹いてきましてな」

「夏の風が？」

「はい。気がつくと、ぬれていたはずの服がすっかりと乾いておりました。もちろん髪もです。私だけでなく、ユリウス様もロザリア様も、すっかりと乾いておりました。もう何が何やら」

それで魂が抜けたような状態でこの場を歩いていたのか。

突然雨が降り、夏の風が吹く。確かに信じられない出来事だったのだろう。

しかし、気になることがある。カーネル氏の中では分かりきったことなのだろうが、私には分からないことだ。

「魔法を使っただけではないのですか？」

私の顔を見て、首を左右に振った。その目には力があり、その可能性がないことを示唆していた。

「そのような魔法はありません。雨を降らせるということは、天候を操るということですよ？　それができるのはこの世界を創った女神様だけでしょう」

「それでは風は？」

「風属性の魔法は確かに存在します。ですが、あれほどの規模の風となると、かなりの使い手でなければ不可能でしょう。それに熱い風を生み出す魔法など、聞いたこともありません」

「そうでしたか」

やはり魔法の可能性はないようだ。カーネル氏は幻か何かを見たのだろう。だが、いまだにカーネル氏が悩んでいるところを見ると、もしかすると、魔法の可能性を捨てきれないでいるのかもしれない。

それならば、一体だれが魔法を使ったのか。カーネル氏ではない。何が起こったのか分からないような様子だったということは、ロザリア様も違うだろう。そうなると、残すはユリウス様のみ。

思えば幼いころから、ユリウス様にはどこか不思議なところがあった。

すぐに一人でトイレへ行けるようになったし、泣くこともほとんどなかった。そういえば、我々が近くで話していると、いつも興味深そうにこちらを見ていたな。

会話ができるようになったのは兄であるアレックス様やカイン様と同じくらいの年齢だったが、それよりも前から、こちらが話していることを理解しているような節があった。

そして極めつきが、魔法薬に人一倍、興味を持っていたことである。

「まさか……」

「ライオネル様もそこへ行き着きましたか？　私はどうもユリウス様がやったのではないかと思えてならないのですよ」

「ハハハ、我々の考えすぎですよ。まだ五歳ですぞ？　そんなことができるはずはありません」

「ハハハ、やはりそうですよね。私の思い過ごしでしたか。私も年を取りすぎましたかね？」

結局そのときは、お互いに何かの間違いだろうという結論に行き着いた。


月日は流れ、ユリウス様は七歳になった。そのころになると、まるでそれまで封印していたものを解放するように、ユリウス様がメキメキとその頭角を現し始めた。

そしていつの間にか、ワイバーンを撃ち落とすほどの魔法を使えるようになっていた。魔導師団でも落とすことができなかったワイバーンをである。

そのとき、あの日のカーネル氏の言葉が私の中によみがえった。これは確認せねばならない。

「ユリウス様、一つうかがいたいことがあるのですが、よろしいですか？」

「どうしたんだ、ライオネル。急に改まってさ。何かな？」

「ユリウス様が五歳のころ、魔法で雨を降らせたことはありませんでしたかな？」

「あー、あったね、そんなことも。あのときは参ったよ。しおれた花に水をあげようと思っただけなのに、加減がうまくいかなくてさ。みんなビショビショになっちゃって、慌てて乾かしたっけ。まさか、カーネル先生が怒ってた？」

「いえ、そのようなことはありませんが……」

天候を操ることができるのは、この世界を創った女神様のみ。それをユリウス様ができるということは、もしやユリウス様は……。

MFブックス

辺境の魔法薬師 ～自由気ままな異世界ものづくり日記～ 1

2023年3月25日 初版第一刷発行

著者 えながゆうき
発行者 山下直久
発行 株式会社KADOKAWA
〒102-8177 東京都千代田区富士見2-13-3
0570-002-301（ナビダイヤル）
印刷・製本 株式会社広済堂ネクスト

ISBN 978-4-04-682317-5 C0093

担当編集 永井由布子
ブックデザイン AFTERGLOW
デザインフォーマット ragtime
イラスト パルプピロシ

本書は、2021年から2022年に「カクヨム」（https://kakuyomu.jp/）で実施された「第7回カクヨムWeb小説コンテスト」で特別賞（異世界ファンタジー部門）を受賞した「辺境の魔法薬師」を加筆修正したものです。
この作品はフィクションです。実在の人物・団体・事件・地名・名称等とは一切関係ありません。

ファンレター、作品のご感想をお待ちしています

宛先
〒102-0071 東京都千代田区富士見2-13-12
株式会社 KADOKAWA MFブックス編集部気付
「えながゆうき先生」係 「パルプピロシ先生」係

二次元コードまたはURLをご利用の上
右記のパスワードを入力してアンケートにご協力ください。

https://kdq.jp/mfb
パスワード
zvdzx

● PC・スマートフォンにも対応しております（一部対応していない機種もございます）。
●アンケートにご協力頂きますと、作者書き下ろしの「こぼれ話」がWEBで読めます。
●サイトにアクセスする際や、登録・メール送信時にかかる通信費はご負担ください。
● 2023年3月時点の情報です。やむを得ない事情により公開を中断・終了する場合があります。

走りたがりの異世界無双
~毎日走っていたら、
いつの間にか世界最速と
呼ばれていました~
坂石遊作
イラスト:諏訪真弘
転生したから走りたい!
才能ないけど好きなことします!
第7回
カクヨムWeb小説
コンテスト
異世界ファンタジー部門
特別賞
受賞作
生まれつき足が不自由だった男は、ある日異世界に転生する。彼は貴族の長男・ウィニングとして生まれ変わり、
領主になるべく育てられるが、彼の興味は、前世で憧れていたこと——自由に走り回ることにしかなかった!
[redacted]発売中

最低キャラに
転生した俺は生き残りたい
霜月雹花
Shimotsuki Hyouka
イラスト：キッカイキ
転生したキャラクターは、
あろうことか
悪役＆最低キャラ!?

使い潰された勇者は
二度目、いや、三度目の人生を
自由に謳歌
したいようです
あかむらさき
Akamurasaki
イラスト：かれい
最速で最強を手に入れる方法を知ってるか？
そう、それは「草むしり」だ!!
STORY
地球生まれの異世界育ちの元勇者が、貧乏貴族の三男ハリスに転生!?
でもこの少年、実家から追い出された大問題児だった……。
獲得したすべての経験値を自由に振り直せるスキル『やりなおし』を見つけ、
「草むしり」で効率的に経験値を稼ぐ日々。三度目の人生を気ままに生きようとするも、
公爵令嬢の側仕えとしてお屋敷に住み込むこととなり――

サムライ転移
SAMURAI gets ISEKAI'd.
～お侍さんは異世界でもあんまり変わらない～
四辻いそら YOTSUTSUJI ISORA イラスト：天野英
STORY
難敵を求めて武者修行の旅に出ていた黒須は、気が付くと未知の土地に足を踏み入れていた。そこが異世界であるという発想にも至らぬまま、黒須は初めて目にする敵たちに心躍らせる――。「異世界」×「お侍さん」のアンマッチ感がクセになる新感覚ファンタジー!!
第7回 カクヨムWeb小説コンテスト 異世界ファンタジー部門 特別賞 受賞作
異世界を斬り進め！
ちょっとズレてるサムライの血気盛んな冒険譚!!

×STORY
病弱で辛い日々を送っていたニコラは、
武器のサーバント・カタリナに
契約を破棄され死にかける。
ところが目覚めるとなぜだか彼は健康体で、
魔法も使えるようになっていた。
健康になった少年の、魔法を研究しながら
自由を謳歌する生活が始まる！
膨《ぼう》大《だい》な魔力を使って
自由に生きる！
武器に契約破棄されたら
健康になったので、
幸福を目指して生きることにした
Since I became healthy after the contract was canceled from the weapon,
I decided to live with the aim of happiness
嵐山紙切
Arashiyama Shisetsu
イラスト：kodamazon

新しい雇い主は、
偏屈オジサマ
魔法使い!?
ほっこり異世界
再就職ファンタジー、
スタート!!
Story
三年間住み込みで働いた屋敷を理不尽に追い出されたルシル。彼女は新しい就職先を求めて下田舎にやってきたが、そこで紹介されたのは「余計なこと」を心底嫌う、気難しい魔法使いフィリスの屋敷だった。
何としても新しい職場を死守するべく、彼女は「余計なこと」地雷を回避するためにフィリスの観察を始める。
永年雇用は可能でしょうか 1
～無愛想無口な魔法使いと始める再就職ライフ～
yokuu イラスト:鳥羽 雨

好評発売中!!

毎月25日発売

盾の勇者の成り上がり ①～㉒
著：アネコユサギ／イラスト：弥南せいら
極上の異世界リベンジファンタジー！

槍の勇者のやり直し ①～③
著：アネコユサギ／イラスト：弥南せいら
『盾の勇者の成り上がり』待望のスピンオフ、ついにスタート!!

フェアリーテイル・クロニクル ～空気読まない異世界ライフ～ ①～⑳
著：埴輪星人／イラスト：ricci
ヘタレ男と美少女が綴るモノづくり系異世界ファンタジー！

春菜ちゃん、がんばる？ フェアリーテイル・クロニクル ①～⑧
著：埴輪星人／イラスト：ricci
日本と異世界で春菜ちゃん、がんばる？

無職転生 ～異世界行ったら本気だす～ ①～㉖
著：理不尽な孫の手／イラスト：シロタカ
アニメ化!! 究極の大河転生ファンタジー！

無職転生 ～異世界行ったら本気だす～ スペシャルブック
著：理不尽な孫の手／イラスト：シロタカ
本編完結記念！ 豪華コンテンツを収録したファン必読の一冊!!

八男って、それはないでしょう！ ①～㉗
著：Y.A／イラスト：藤ちょこ
富と地位、苦難と女難の物語

異世界薬局 ①～⑨
著：高山理図／イラスト：keepout
異世界チート×現代薬学。人助けファンタジー、本日開業！

魔導具師ダリヤはうつむかない ～今日から自由な職人ライフ～ ①～⑧
著：甘岸久弥／イラスト：景
魔法のあふれる異世界で、自由気ままなものづくりスタート！

服飾師ルチアはあきらめない ～今日から始める幸服計画～ ①～②
著：甘岸久弥／イラスト：雨壱絵穹／キャラクター原案：景
いつか王都を素敵な服で埋め尽くす、幸服計画スタート！

異世界で手に入れた生産スキルは最強だったようです。 ～創造&器用のWチートで無双する～ ①～⑤
著：遠野九重／イラスト：人米
手にした生産スキルが万能すぎる!? 創造したアイテムを使いこなせ！

アラフォー賢者の異世界生活日記 ①～⑰
著：寿安清／イラスト：ジョンディー
40歳おっさん、ゲームの能力を引き継いで異世界に転生す！

人間不信の冒険者たちが世界を救うようです ①～⑤
著：富士伸太／イラスト：黒井ススム
アニメ化!! 最高のパーティーメンバーは、人間不信の冒険者!?

【健康】チートでダメージ無効の俺、辺境を開拓しながらのんびりスローライフする ①～②
①著：坂東太郎／イラスト：鉄人桃子
②著：坂東太郎／イラスト：吉武／キャラクター原案：鉄人桃子
元ニート、チートスキルで【健康】になる！

最強異端の植物使い ①～②
著：福寿草真／イラスト：匈歌ハトリ
無限に活用できるチートスキル『植物図鑑』で異世界を無双します！

「こぼれ話」の内容は、
あとがきだったり
ショートストーリーだったり、
タイトルによってさまざまです。
読んでみてのお楽しみ！

アンケートに答えて
著者書き下ろし
「こぼれ話」を読もう！

よりよい本作りのため、
読者の皆様のご意見を参考にさせて頂きたく、
アンケートを実施しております。

奥付掲載の二次元コード（またはURL）にお手持ちの端末でアクセス。

↓

奥付掲載のパスワードを入力すると、アンケートページが開きます。

↓

アンケートにご協力頂きますと、著者書き下ろしの「こぼれ話」がWEBで読めます。

- PC・スマートフォンに対応しております（一部対応していない機種もございます）。
- サイトにアクセスする際や、登録・メール送信時にかかる通信費はご負担ください。
- やむを得ない事情により公開を中断・終了する場合があります。

オトナのエンターテインメントノベル MFブックス　毎月25日発売